无根之花

来慧 著

北方文艺出版社

图书在版编目（CIP）数据

无根之花 / 来慧著. -- 哈尔滨:北方文艺出版社,
2023.1
ISBN 978-7-5317-5743-6

Ⅰ. ①无… Ⅱ. ①来… Ⅲ. ①散文集－中国－当代
Ⅳ. ①I267

中国版本图书馆CIP数据核字(2022)第201435号

无根之花
WUGEN ZHI HUA

作　者/来　慧

责任编辑/王　爽　　　　　　　　　特约编辑/陈长明
装帧设计/汇蓝文化

出版发行/北方文艺出版社　　　　　邮　编/150008
发行电话/（0451）86825533　　　　经　销/新华书店
地　址/哈尔滨市南岗区宣庆小区1号楼　网　址/www.bfwy.com

印　刷/济南精致印务有限公司　　　开　本/880×1230　1/32
字　数/110千字　　　　　　　　　　印　张/6.875
版　次/2023年1月第1版　　　　　　印　次/2023年1月第1次印刷

书　号/ISBN978-7-5317-5743-6　　　定　价/68.00元

自序

我独自坐在阳台上，静静地欣赏这天地间美丽的一瞬。恬淡与安详之间，我心底泛起阵阵温柔的涟漪，这种感受如同优美的唐诗宋词撼动我的心魄。

我对大自然的美情有独钟，习惯以一种纯朴淡泊之心审视尘世中的是是非非，竟有一种豁然开朗的感觉。

冬去春来，花开花谢，匆匆而逝的不光是春天的风光，更有一份浓浓的失落与伤感。其实人生的境界又何尝不是如四季更替，得意与失意轮流相伴？

在工作之余，我会把一切喜悦和烦恼放到一边，打开电脑，书写自己一些喜欢的文字，轻敲键盘，独自闲游，去寻找自己的那片天空。

我的散文和诗歌，大都是有感而发，其文求美，却不刻意追求文字的华丽，有自己的风格足矣。如我的散文《学无迟暮》《春日好读书》，虽文笔平淡，但能有所感悟就好。面对人生和社会，保持善良和真诚是我为人的准则。我从未停止过对生活本意的思考，以善良真诚的心去感受生活，总有一些事情让人感动，我也愿意用文字去记录。我寻觅着属于自己的那片天空，渴望找到一种境界，介于责任与自在之间，既有凭栏而歌的意气风发，亦有闲看花开花落的从容淡雅。

2021年4月27日，我那操劳一生的母亲去世了，我成了无根之花。《无根之花》这本书既寄托了我对母亲深深的思念和眷恋，也是我在创作了七部长篇小说之后的第一本散文集。其中没有华丽的辞藻，只有平实的语言表达我的所观、所思、所悟，如有不妥之处，恳请读者谅解。

目录

文

诗

难忘儿时年滋味

　　小时候，家里穷，只有过年的时候，父母才舍得给孩子们买新衣服，包饺子吃。所以，我小时候最期盼的事情就是过年。

　　大年三十吃过午饭以后，我母亲就开始包饺子。饺子有荤饺和素饺两种。素饺是大年初一早晨吃的，寓意是新的一年日子过得素素净净，平安顺利。荤饺是大年初一中午吃的，寓意是新的一年丰衣足食。

　　那时我和哥哥年龄还小，不会帮父母做家务。妈妈在家包饺子，我们兄妹就穿着新衣服到处找小伙伴玩，顺便显摆一下自己的新衣服。

大年初一早晨，依稀记得睡意蒙眬中，半夜就有人家噼里啪啦放鞭炮。我们那里有个说法，年初一谁家放鞭炮越早，就说明谁家的人在新的一年越勤快。为了能获得这项殊荣，有些人家守到半夜放了鞭炮再去睡觉。

那时家里穷，买不起钟，想知道时间，大都是看天上的"三星"，或者听鸡打鸣。"三星"在东南方向或者鸡叫三遍，就是天快要亮了。于是我和哥哥就起床，也不洗脸，到处疯跑着找小伙伴去各家捡鞭炮，就是那种没有放响的鞭炮，我们叫它哑炮。捡了哑炮装在口袋里，等天明以后让男孩子们再点燃，看看是不是还能炸开。

等天大亮时，父母在家已煮好了饺子，孩子们都赶紧回家。吃饺子之前，要先盛出两碗，父母带着所有孩子先给爷爷奶奶送去，以表示对长辈的尊敬。同时一家老小都要给爷爷奶奶磕头拜年。此时爷爷奶奶就会掏出压岁钱给孙子孙女们。

在我的记忆里，每年奶奶给我和哥哥的大都是两角钱或者五角钱，最多时给过一块。那时五角或者一块算很多了，一般亲朋好友给小孩子的压岁钱都只有两角。

我记得每年过年我都把收到的压岁钱攒着。在我的记忆里，有一年我总共收到了三块钱，我像对待宝贝一样，每天睡觉都攥在手里，怕弄丢了。

小时候过年，最喜欢走亲戚，因为到亲戚家不但有好吃的，运气好的话还可以收到压岁钱。

那时走亲戚，大都是用一个竹篮子装几个小馒头和几包红纸包着的甜蜜果，当然还有一样必不可少的礼物，就是孝敬长辈的大馍馍。

我记得有一次，大哥领着我去离家不远的姑奶家拜年。走到半道，大哥偷偷拆开甜蜜果的包装纸，拿出两个小小的甜蜜果，赶紧将一个塞进他嘴里，另一个塞进我嘴里。当时感觉那香甜的味道真好，现在想起来，似乎还能流出口水。

如今几十年过去，虽然我已到了知天命的年纪，但儿

时喜庆、欢乐、幸福的年味，是我永远不会忘记的美好

味道。

（原载于2021年1月30日《团结报》）

儿时年画

小时候，过了腊八，农村的集市上就开始有卖年画的商贩。卖年画最多的时候是腊月二十三小年过后。那时热闹的集市上，卖年画的商贩大约能占所有商贩的三分之一。

那时，由于家里穷，母亲并不是每年都买年画，大都是隔年买一次。由于我家就在集市上，每逢赶集时，吃过早饭，我就和小伙伴云霞一起去街上看年画。

那时的年画大都花花绿绿，色彩鲜艳。胖娃娃笑着抱大鲤鱼，胖丫头抱大红公鸡，白发白眉白须的老寿星头上有飞鹤，身旁有松树，胖娃娃笑眯眯地抱着聚宝盆，还有很多以古代故事为内容的套画。所有年画的寓意都是新的一年喜庆、吉祥、富贵、健康。

在所有的年画中，我最喜欢看以古代故事为内容的套画。比如《穆桂英挂帅》，至少由四张年画组成，每一幅既可独立成画，又能和其他幅连起来组成一个完整的故事。

再比如《西厢记》，最多时由六幅画组成一个完整的故事。年画里的小姐袅袅婷婷，掩面羞涩，丫鬟似乎比小姐还大胆一些。公子则是儒雅书生。

我之所以喜欢看成套的年画，是因为那时家里穷，没钱买故事书，看成套的年画等于看了有趣味的故事。

记得有一年年关将至，母亲破天荒地给我五角钱，让我去街上买两张年画回来，贴在堂屋东墙上。

我拿着五角钱，高高兴兴地一路哼唱着去了集市上。那时卖年画的商贩们就把年画全部摆在大街两边的空地上，也没有店铺。为了防止年画被风刮跑，有的商贩用一条条绳子压着年画，有的商贩捡来地上的石头或者土疙瘩压着年画。总之，半条街两侧的空地上花花绿绿，摆的都是年画，任顾客挑选。

当时我手里攥着母亲给的五角钱，在一片片五颜六色的年画里穿行，细心寻找我心仪的年画。

最终我看中了一套古代仕女图，总共四幅。看着那几个女子，高高的云鬓，脸蛋红润，模样俊俏，我就特别喜欢。可是，那套年画要八角钱，而我只有五角钱，钱不够，老板就不卖给我。当时我很郁闷，在那套年画前面看了好久才恋恋不舍地离开。

后来我又溜达了几处年画摊，有一处卖的一套年画和我先前看的那一套差不多，也是四幅仕女图，只是每幅都有点残缺，有掉一个角的，有两幅中间还烂了两个小洞。老板就便宜处理，一幅一角钱就可以买走。我犹豫半天，最终把那四幅有点残缺的年画买了下来。我实在是太喜欢那几个似仙女一样袅袅婷婷的女子了。记得那时我还喜欢用铅笔临摹那些古代美女图。

　　我拿着四张残缺不全的年画高高兴兴回到家，让我猝不及防的是，招来了母亲的一顿痛骂。母亲气愤地对我说，街上那么多好看的新年画不买，偏偏买残缺不全的破年画回来，责问我是不是脑袋有问题。最终那四幅画也没有贴在墙上。

　　现在人们的物质生活水平提高了，过年时大家更喜欢用中国结、窗花和红灯笼来营造喜庆的气氛，很少有人还会像从前那样贴年画。儿时我看过的那些年画，特别是那些成套的故事年画，却一直萦绕在我心里挥之不去。每次回忆往事，我都觉得有年画相伴的童年岁月，虽苦犹甜，值得怀念。

　　（原载于2021年2月2日《武陵都市报》）

难忘儿时压岁钱

小时候，最期盼的事情就是过年，因为过年不仅有新衣服穿，有饺子吃，还可以收到一些压岁钱。

在我的记忆里，每年大年初一天还没亮，我就和哥哥早早起床，穿上新衣服，洗洗脸，梳梳头，然后和父母一起先去给爷爷、奶奶拜年。

我们一家人到了爷爷、奶奶家，二位老人已经端坐在客厅的大方桌两边。于是父母在前，我和三个哥哥在后，我们一家人站成两排，一起跪下给爷爷、奶奶磕头拜年。等我们站起来后，爷爷就给我们兄妹四人每人两角钱的压岁钱。

那些压岁钱是我爷爷提前专门找人换的新钱，平平整整，十分光滑。我们兄妹把收到的压岁钱像宝贝一样小心翼翼装进新衣服兜里，用手按住，唯恐弄丢了。

从爷爷奶奶家出来，我们一家人赶紧回家吃饺子，是素馅的。我们那里有个说法，大年初一早上吃素饺子，新的一年里，日子过得素素净净、平平安安。

吃过初一早晨的饺子，父母嘱咐我们兄妹四人一起去邻居家拜年。

我们到了邻居家，邻居们第一件事是端着自家炸的麻叶子给我们吃。条件好的家庭还会拿几颗糖果给我们。

那时每家都很穷，给压岁钱的很少，除非是自家亲戚，一般邻居小孩去拜年，除了吃点麻叶子和糖果，根本就收不到压岁钱。因为麻叶子和糖果平时是吃不到的，所以过年能吃到也是不错的味蕾体验。

我小时候的压岁钱大都来自爷爷、奶奶、姥姥、小姨和两个舅舅。他们给的压岁钱加在一起有两三块钱。

两三块钱在二十世纪六十年代末，对于一个农村孩子来说已经是数目不小的收入了。

在我的记忆里，我的压岁钱大都被母亲要走了。母亲的理由是我们家要和姨家、舅家礼尚往来，她也要给我那几个表弟、表妹压岁钱。我当然不愿意把压岁钱给母亲，母亲就给我留下一块钱，让我自由支配，其他钱她就强制要去了。

因为平时没有零花钱，母亲能给我留下一块钱，我已经很知足。我手里握着几张一角两角的钞票，心里有说不出的高兴。这一块钱，我大都留着，等拨浪鼓货郎来我们这里卖东西时，我爱买那种蜡染的纸花戴在头上，那时感觉自己特别漂亮。现在回想那时的模样，简直就是傻大姐一个！我有时也买二分钱一颗那种小糖果。

记得有一次，我花五分钱给母亲买了一个黄色的铁皮顶针。送给母亲时，母亲直夸我长大懂事了，知道买有用的东西了。得到母亲的夸奖，当时我的心里美滋滋的。

时光匆匆，如今几十年已经过去。我已为人母，是我给孩子们发压岁钱的时候了。每当我给孩子们压岁钱时，就想起自己小时候的压岁钱，此时我的心里总是不自觉地漾起难忘的幸福感。

（原载于2021年2月5日《珠江时报》、2月6日《燕赵晚报》）

记忆中的元宵节

　　我的童年时代是在淮北平原一个不起眼的小乡村里度过的。也许是因为消息闭塞，也许是因为我们村里人根本就不知道"元宵节"这名字，在我的记忆里，我们村里的人只知道这天是个节日，也知道要吃元宵（我们不叫元宵，叫汤圆），但就是说不出"元宵节"这三个字。乡邻们全都说"正月十五"，好像在他们心目中"正月十五"就是元宵节的名字。

　　记忆中的元宵节，也就是正月十五那天，我们村大多数住户都像过年一样要煮饺子、吃汤圆。那时乡下人家里都很穷，刚过了春节，没有钱买肉馅和汤圆，就在过春节时专门留下一碗饺子馅，到元宵节时再吃。有时天气暖得早，那时候又没有冰箱保鲜，吃饺子时都能闻到饺子馅有一种怪味。因为平时吃不到饺子，有怪味的饺子大家也吃得津津有味。

做汤圆要用糯米面，那时候不是家家都能买得起糯米面的。我的记忆中，当时我们那里只有生产队队长家和大队书记家，还有家里有人在供销社上班的两家，才能在正月十五这天吃到汤圆。其他家庭买不起糯米面，就只能用过年时留下的饺子馅包饺子。

我印象最深的是，有一年正月十五，由于我家和大队书记家是邻居，大队书记的老婆给我家送了一碗汤圆。母亲没舍得吃，给我们兄妹四人一人分了两个，分到最后，碗里剩了一个，母亲还是没舍得吃，硬让我父亲吃了。

我的母亲就是这样，无论有什么好吃的，总是先让孩子、丈夫吃。除非东西足够多，我们吃不了，她才吃一些。所以，那时我就发誓，等将来我长大了，挣了钱，一定要给母亲买很多好吃的，让她饱饱口福。

在正月十五这一天，我记忆比较深刻的还有晚上我们兄妹和小伙伴打灯笼、碰灯笼的趣事。

我们那里有个习俗，每年的正月十五，舅舅一定要给外甥买灯笼，这个习俗一直沿袭到现在。有个歇后语"外甥打灯笼——照舅"可能就是这样得来的吧。

我舅舅每年正月初十就把灯笼买好送到我家。那时的灯笼没有现在的形状多，大都是用竹篾做成球形，外面糊上一层红纸，里面有一点蜡烛头。最好看的就是兔子头或者猪头形状的。

自从舅舅把灯笼送到我家，我和哥哥每天晚上都要打着灯笼去找小伙伴炫耀。有的小伙伴，舅舅也给他们买了灯笼，我们就在一起比较谁的灯笼最漂亮。有时，看谁的灯笼比自己的漂亮，还故意用自己的灯笼去碰人家的。现在回想那些童年趣事，自己都忍不住笑出声来。

时光匆匆，转眼几十年过去了，现在我和家人都生活在现代化的城市里。每到元宵节，超市里各种馅的汤圆和饺子应有尽有，我也实现了当年的愿望。每到元宵节，我总是买好几种馅的汤圆和饺子让母亲挑选她喜欢的。母亲想吃多少就可以吃多少，那种不够吃的时代彻底过去了。

（原载于2021年2月5日《珠江时报》）

一屉小棉衣

在我家大衣柜下面的抽屉里，放着一些干干净净、叠得整整齐齐的碎蓝花小棉衣。那是我家二宝小的时候，母亲一针一线为他缝制的小棉衣。看到这些小棉衣，我仿佛看到了母亲戴着老花镜认真缝制小棉衣时的样子。

我生二宝时，母亲已经七十多岁。当时我非常反对母亲亲手给二宝缝制棉衣，一是因为她年纪大了，眼睛不太好，搞不好针就扎在手上了；二是因为母婴店里婴儿棉衣应有尽有，可以说令人眼花缭乱，何必自己费那么多功夫动手做呢！

母亲却坚持自己缝制小棉衣。她的理由是，买的棉衣不知道用什么棉花做的，二宝穿在身上，她不放心。她也不知道从哪里听说的，说有些商家把黑心棉重新弹两遍，棉花就变得又白又软，一般人是看不出瑕疵的。

为了让二宝穿上用真正的棉花做的棉衣，她特意让我父亲陪她回了一趟一百公里外的农村老家，向我二婶要了一大袋子新棉花。

母亲从老家回来后，稍微休息一下，就戴上老花镜开始挑拣棉花里的小杂草、小土块。她还趁着我和父亲都午睡时，自己拎着那一袋棉花去了菜市场的弹棉花店。

我不知道七十多岁的母亲用了多久才走到菜市场，反正她回来时，我看她累得头上汗涔涔的，虽然那时已经是深秋。她回来时还顺便在菜市场买了两块白底蓝花的棉布。

当时我很想责怪她，距离冬天还有一段时间，干吗那么着急去弹棉花，万一累着摔着怎么办！可是，看着母亲布满沧桑皱纹的脸，我的眼睛立马就潮湿了。我红着眼圈默默拥抱了母亲。看到我眼圈红了，不明所以的母亲一边使劲挣脱我，一边着急地问我："你怎么了？怎么哭了？遇到啥事了？"我趴在母亲肩头，哽咽着在她耳边低语："妈，没事，我就是想抱抱你……"

母亲有一双巧手，我们兄妹四人小时候的衣服都是她自己一针一线缝制的。虽然我有二宝时她已经七十多岁，但是做起针线活来照样不减当年。棉花弹好以后，母亲把新买的棉布洗好晾干，就给二宝做起小棉衣来。

母亲戴着老花镜，把自己的爱都细致地缝进棉衣里。为了让二宝有替换的棉衣，母亲用三天的时间给二宝缝制了三套棉衣。我知道母亲是个干活麻利的人，她做事就爱这样，不做完不罢休，哪怕连夜做。我让她休息一天再做都不行。

我有二宝那一年，母亲的身体还很硬朗。二宝三岁时，她突发脑出血，幸运的是命保住了，却留下半身不遂的后遗症。她那勤劳了一辈子的双手，不能再做任何事情，她苦恼伤心了很久。去年四月份，母亲第二次突发脑出血，这次却没有那么幸运，虽然我们兄妹都竭力挽留她的生命，最终她还是因医治无效去世了。

母亲走了，她对我和二宝的爱却永远留在我的心里。虽然二宝现在已经长大，穿不了姥姥当年给他做的小棉衣了，但是我舍不得把那些小棉衣扔掉或送人，我觉得那是母亲留给我的念想。那些小棉衣里不仅有母亲对二宝的关爱，更有我熟悉的母亲的味道……

（原载于2022年2月9日《德州晚报》）

我的母亲是文盲

　　我的母亲生于二十世纪三十年代末，在那个缺吃少穿的年代，上学是想也别想的事情，所以母亲顺理成章地就成了不识一个大字的文盲。

　　1958年4月16日，我的母亲和我的父亲结为秦晋之好。婚后十年，母亲陆续有了三个儿子、一个女儿。

　　在我的童年记忆中，母亲虽然不识字，但深深懂得有文化的好处。在她朴素的意识里，她一直坚信读书能改变命运，读书能让我们兄妹跳出农门，将来不用再在农村吃苦受累。所以在那个很不富裕的时代，母亲省吃俭用，坚持让我们兄妹都上了学。

记得那时我们兄妹上学买本子的钱都没有，母亲经常让我们用树枝在地上写字给她看，虽然她看不懂。后来，家境好了一些，她就买二分钱一张的草纸，也就是给死人烧的黄色冥纸。回家后，母亲用剪刀将纸裁成长方形或者正方形，再用针线缝成本子给我们兄妹用。

为了节省本子，母亲经常用橡皮把我们用过的本子上面的字擦掉，让我们反复使用本子。直到本子被擦烂了，实在不能再写字，她才让我们兄妹停止使用。就是那用得破破烂烂的本子，母亲也舍不得扔掉，而是拿到灶台边备着烧火用。

正是由于母亲对读书的重视，年年月月督促我们兄妹学习，后来，我们兄妹三个都考上了当时包分配的中专学校，端上了"铁饭碗"，实现了母亲多年的愿望。

母亲不仅明白读书的重要性，还教我们做人要善良，要对弱者有同情心，能帮人一把就帮人一把。

记得我小时候，我家邻居是一对孤儿寡母。寡母身体一直不好，儿子智力有些缺陷。一年四季，母亲经常帮他们母子缝衣服。有时我家改善伙食，做点好吃的，母亲还要给他们母子送一些。

母亲说不出什么高深的道理，她总是用行动告诉我们做人要善良。

二十世纪七十年代，家家都有责任田。父亲常年在外地上班，家里所有的农活和养育我们兄妹的任务都落在母亲一个人身上。她白天像男人一样在地里挥汗如雨地劳作，天黑了才扛着农具拖着疲惫的身体回家。

母亲无论多晚回到家，无论多么劳累，都顾不得休息一下，就一头扎进厨房开始给我们兄妹做饭。等全家都吃完饭，她收拾好厨房，我们兄妹都睡觉以后，她又开始纳鞋底。那时的鞋底是用面糊把一层一层旧布头粘在一起的。

母亲纳鞋底时，由于鞋底太硬，我总是看见她先用一个铁锥子用力在鞋底上钻一下，然后再用针穿过去。现在回想起来，一只鞋上有二百多个密密麻麻的针眼，一双鞋上就有四百多个针眼。我们一家六口，她一次要做六双鞋，就有两千四百多个针眼。想想那两千多针，需要母亲付出多大的精力和毅力啊！

母亲不仅吃苦耐劳，帮助乡邻，而且十分孝敬长辈。我爷爷去世早，我对爷爷没有什么印象，但是奶奶在我家生活时，我可是亲眼看见母亲是怎样孝敬奶奶的。

每天早上，母亲第一个起床，先把早饭做好，然后把洗脸水准备好，端到我奶奶面前。吃饭时，她总是把好吃的留给奶奶。每天中午做饭，她都要先问奶奶吃什么。无论自己多累，她都要做奶奶喜欢吃的食物。奶奶在我家生活多年，母亲一直尽心尽力地伺候她，直到她去世。

我的母亲是文盲，一辈子不识一个大字。如今她已驾鹤西去，但是她勤劳、善良、吃苦耐劳、俭省节约的品行，永远留在了我们兄妹心里。这样的品行也会一直默默影响着我们，激励着我们走好人生的每一步。

（原载于2021年6月11日《河南科技报》）

母亲的"人世间"

　　多年未追剧的我，由于疫情不能出门，待在家里追起了热播剧《人世间》。观剧期间，我多次被剧情感动得泪流满面。秉昆、郑娟的善良、努力、不屈，秉义的踏实、隐忍、拼搏，几位发小生活的艰难，以及他们之间的互帮互助，多次让我哭，让我笑。其实，剧中还有一位更吸引我、感动我的配角，她就是周母。

　　看到温暖慈爱的周母，我总是不自觉地想到我的母亲，因为我的母亲和周母不仅是同时代的人，而且她们还有着大致相同的经历。可以说，有段时间母亲的委屈和艰难，比周母还要多。

《人世间》中的周母，老伴周志刚在外地工作，两年才有一次探亲假，所以他们夫妇一直过着聚少离多的日子。这一点和我的父母很相似。从我记事起，父亲就一直在外边上班，母亲在农村老家既要下地干活，又要操持三个孩子的生活和学习。她和周母一样时刻疼爱着自己的孩子，为与孩子离别而哭，为孩子取得成绩而笑。

从我记事起，一直到我上师范学校，这十几年间，每到大年三十晚上全家团聚时，母亲总要哭很久，因为她想她的小儿子，也就是我三哥。我三哥两周岁时，我爷爷、奶奶做主把他过继给了远在千里之外没有儿子的大伯。我永远忘不了，母亲告诉我，我三哥被爷爷强行带走时，她跟在后面哭着追了十多里路的情形。孩子是母亲身上掉下的肉，她怎能舍得送人！但是在那个年代的农村，公公婆婆的话，儿媳妇是不能反对的，否则就是不孝。母亲不想背着不孝的骂名，所以只能忍受眼睁睁看着儿子被送人的锥心之痛。

自从我三哥被送走，逢年过节，母亲就哭，平时想起我三哥也哭。那几年她的眼睛几乎要哭瞎了。一直到我三哥十六岁时回来一趟，她才算好点。

三哥被送给大伯后，家里还有我和两个哥哥。母亲虽然不识一个字，却知道读书的好处。母亲深切体会到了农村生活的艰难，所以她一心一意想让我们兄妹三人考中专或大学，跳出农门。

为了让我们兄妹三人专心学习，母亲家里家外一肩挑，其中的艰辛可想而知。后来，我们兄妹三人没有辜负母亲的期望，经过多年的努力，都顺利考上了中专，毕业后都端上了"铁饭碗"。我记得大哥拿到师范学校的录取通知书时，母亲高兴地请人杀了她喂了三年的一头猪，宴请了大哥的老师和左邻右舍。在母亲的满脸笑容里，我看到了自豪和满足。

时光荏苒，时间不知不觉走到2000年，父亲在我们县城买了房，母亲和父亲住进了城里。我们兄妹三人也在两个城市安了家。至此，我们一家人彻底走出了农村，过上了城市人的生活。

就在母亲和父亲住进城里的第十四个年头，母亲突发脑出血，留下半身不遂的后遗症，坐在了轮椅上，什么也做不了。一辈子闲不住的母亲接受不了这残酷的事实，她哭，她闹，她用左手用力捶打没有知觉的右半身。她说她还要给我的二宝做棉袄棉裤，还要给我父亲做饭，她不能什么都不做，她不想做个废人！但事实就是事实，我可怜的母亲哭闹半年后，才不得不接受她以后什么也做不了的事实。后来，母亲第二次突发脑出血，住院两个月后，还是没能留住生命，永远地走了。

我的母亲是成千上万的母亲中普通的一员，她一辈子不识字，讲不出高深的道理，只想自己多干活，只想让孩子们都过上好日子。她的"人世间"，是一本包含着勤劳、善良、忍耐、知足的书。这本书，我从前没有读够，也没有读透。今后，我还会在无数个思念母亲的夜晚，一字一句，反反复复去读。

（原载于2022年4月16日《湄洲日报》）

节俭的父亲

　　父亲退休那一年，做了一件令全家人，乃至左邻右舍敬佩又唏嘘的事：他坐火车去了一千多公里之外的银川看望我三哥，返回时他居然买了一辆半旧的三轮车，从银川一路骑回来。一千多公里的路程，六十岁的父亲，在路上足足骑行了将近两个月，这可是妥妥的千里走单骑！

　　对此，人们赞叹我父亲的身体，以及敢想敢做的劲头，敬佩他那种不惧辛苦的精神。

　　对于父亲这个几近不可思议的举动，只有母亲和我们兄妹能理解其中的原因，那就是一辈子节俭的父亲是为了节省回来的路费，才买了一辆二手三轮车骑着返回。父亲对我们的解释印证了我的想法是正确的。

他说："从银川坐火车回来，路费要两百块钱。我买这辆二手三轮车才花了五十块钱。你们看，我又买了一些针头线脑和小孩的玩具拉着，走一路，卖一路，不仅不用花钱买车票，还挣了几百块钱，你们说我这趟是不是很划算？"

母亲问父亲一路上的吃饭睡觉问题是怎么解决的。父亲笑着回答，他买一个茶瓶放在三轮车上，从一个地方出发之前，他会找个地方装一瓶开水带着，同时买一兜馒头，饿了就用开水泡馍，放点盐。现在想想，那样寡淡的食物，真不知道他是怎样吃下去的！

父亲说夜里他住干店。所谓干店，就是店家只提供一张床，被子盖自己的。父亲说他买了一床被子，每晚睡觉时一半被子铺身子下面，一半被子盖在身上。好在那时是五六月份，天气也不太冷。为了节省住宿费，一路上他就专门寻每晚收费一两块钱的干店住。

虽然父亲说得很轻松，但是从他的吃住情况来看，和乞讨的人无异。想想父亲一路的艰辛，看着又黑又瘦的父亲，我和母亲都心疼地哭了。我们一起责怪他，为了省一百多块钱的路费，骑着三轮车走那么远的路，吃不好，睡不好，万一出了事怎么办！

父亲笑笑说："能出什么事！你们忘了，我是医生，有什么毛病，在路上我自己买药就治好了。你们看，我这不是好好地回来了？"

看着父亲脸上憨憨的笑容，我们真是哭笑不得。

父亲一辈子节俭，这在左邻右舍、亲朋好友中是出了名的。他在外面工作时，一日三餐总是能多简单就多简单，几乎没买过荤菜，衣服也是穿了一年又一年。我们兄妹给他买件新衣服，他总是生气地让我们退掉。我们说他对自己太苛刻，他总是对我们说，以前过惯了苦日子，现在虽然有几千块钱的退休金，但是也不能忘记过去的苦日子，能节俭的，一定要节俭，人不能忘本啊！

"俭，德之共也。"勤俭持家是中华民族的传统美德。父亲不仅自己节俭，还时时教导我们也要养成节俭的生活习惯，任何时候都不能铺张浪费。我们也把这一点当作我们的家风家训，一直恪守着。我们会把勤俭持家这个家风家训一代代传下去，因为父亲已经为我们做了最好的榜样。

（原载于2022年4月18日《迪庆日报》、4月21日《昌平报》）

拒绝也是一种爱

周末，我回老家，给父亲买了两件短袖衬衫。

我和老公、二宝刚走进父母住的那条长长的巷道，远远地就看到父亲站在大门口向巷道口张望。由于我事先已经电话告知父亲我回老家的时间，我知道他是在等我们。

父亲看到我们，快步走过来迎接。我发现自从母亲上个月去世，父亲的精气神明显没有以前好了，步履有些蹒跚，头发愈发白了，脸上的笑容也少了许多。

父亲即将走到我们一家三口面前时，我看到他布满皱纹的脸上出现了一丝勉强的笑容。瞬间，我心里很不是滋味，眼睛也湿润了。母亲上个月驾鹤西去，当时父亲哭得伤心欲绝的难受样子，蓦地又出现在我脑海里。

父亲迎上我们，陪我们一起回了家。母亲不在了，家里空荡荡的，空气也显得有些寂凉。为了打破这种气氛，我拿出给父亲买的短袖衬衫，高兴地对他说："爸，我给你买了两件衬衫，你试试合不合身，不合身我拿回去调换一下。"

本想着父亲看到我给他买的新衣服会高兴，让我猝不及防的是，他突然生气了，脸色随之变了，对我疾言厉色："谁让你买的衣服！你哥给我的衣服装满了柜子，我一个老头子能穿多少衣服！你回去退了它，我不要！"

我一看父亲生气了，尴尬片刻，赶紧赔着笑脸说："爸，你别生气啊。我大老远给你买回来，买都买了，又没花多少钱，你就留着穿吧。"

"不穿！我说不穿就不穿！你不退，我、我就把它扔到大街上去！"父亲黑着脸说道。

"爸——"我看父亲这样固执，也有点不高兴了。我可是一片好心给他买了衣服。

父亲看到我有些不高兴的表情，冷着脸说道："二宝这么小，以后他花钱的地方多着呢！二宝爷爷年纪大了，身体还不好，也正是需要花钱的时候。你和常彬每月就那么点固定工资，有钱就要用到刀刃上！我年纪大了，又不出门，没有那么多讲究。再说你两个哥哥给我买的都是好衣服，我这辈子都穿不完。听话，下午回去把衣服退了！"

我苦着脸看着父亲，刚张嘴说："爸，这次你把衣服留下，下次我不……"我的话还没说完，父亲就冷着脸打断了我的话："让你拿回去退了，你就退了！你再不听话，我现在就把衣服扔到大门口去！"说着，他果真拿起衣服就要出去，我吓得赶紧拉住他，向他妥协了："好，爸，你别生气了，我听你的话，把衣服退回去。"

记得前年冬天，我给父亲买了一件羽绒服，和这次情况差不多，他看到我给他买的羽绒服特别生气，非要把羽绒服扔到大门口。当时母亲拉住他又劝又哄，他才消了气，把羽绒服留下。

父亲一生节俭，从不乱花一分钱，也不让我和哥哥为他花钱。我和哥哥回家，如果为他买这买那，他一定会生气。但如果我和哥哥谁家有困难，他会毫不犹豫地把积攒很久的钱拿出来。前几年我买房子时，凑不够房款，父亲果断地把他积攒好几年的十万块钱给了我。我侄子结婚时，他又毫不犹豫地拿了五万块。

"爱子心无尽，归家喜及辰。"父亲爱孩子的心是无穷尽的。我们给父亲买东西，他很生气，实则是为我们着想。他是想让我们把省下的钱用在自家的小日子上，他是希望我们生活得幸福，他的拒绝也是爱孩子的一种体现啊。

（原载于2021年7月18日《大同晚报》）

父亲的"倔脾气"

父亲退休后，一向忙碌的他对突然到来的悠闲生活很不适应，一直郁郁寡欢，做什么都提不起精神。一个初夏的上午，感觉实在无聊的父亲对母亲说，他要去银川看望我三哥。母亲理解父亲退休后失落的心情，想着让他去银川也好，一来可以看望我三哥，二来也可以散散心。

我老家距离银川一千多公里，父亲坐火车去了银川。他在银川住了五天，三哥陪着他把银川的几个著名旅游景点看了一遍后，他就执意要回老家。三哥拗不过他，只好给他买了回老家的火车票。让我三哥没想到的是，他离开火车站回家后，父亲偷偷去售票处把火车票退了。然后，父亲一路打听，去了三轮车二手市场，花五十块钱买了一辆半旧的脚踏三轮车，他要骑着三轮车回一千多公里外的老家！

父亲一生节俭，脾气很倔。只要是他认准的事情，他必定竭尽全力去完成。他有句口头语："生活要节俭，做事要坚持。"

我记得二十世纪七十年代末，我家分到一块地，面积有七八十平方米。这块地皮一边紧靠着一条马路，另一边靠着一条大水沟。父亲请人在那块地皮上盖了三间正房后，考虑到没有盖厨房和厕所的地方，于是决定把房子后面那条大水沟填起来。

父亲说干就干。我记得那时候，无论春秋冬夏，父亲每天凌晨四点多就起床，拉着我家的木板车去两公里外的一个塘堤上拉土，一直到母亲做好早饭，他才停下来。每天晚上吃过饭，他也要拉五车土才睡觉。每次看到父亲把一板车土倒进大水坑里，那些土立马没了踪影，我总是想到"愚公移山""精卫填海"。我总是替父亲发愁，那么大的水坑，啥时候能填满啊？母亲也数落父亲脾气太偏，脑子一根筋，那么大一个水沟，猴年马月能填满！

可父亲总是不紧不慢地说："只要功夫深，铁杵磨成针！只要我坚持填，总有一天我会把这个坑填好。"

功夫不负有心人，坚持到底就是胜利！父亲终于在两年后填出了一块两百平方米的空地。他自己用砖头垒了一个院子，又请邻居帮忙盖了一间厨房和一间厕所。他凭着一股"偏"劲，一种坚持，给了我们一个有房有院的好住所。

说到父亲千里走单骑，我知道他的目的有两个：一是省回家的路费，二是他相信只要自己肯吃苦，就一定能完成。六十岁的父亲，"偏脾气"又来了！

父亲一辈子说不出"家风""家训"这样的词，但是他一直用行动诠释着我们的家风家训，他的偏脾气里深深蕴含着的家风家训就是"生活要节俭，做事要坚持"。

家风恒久远，生活有诗意！父亲的"偏脾气"深深影响着我们兄妹生活、做事的原则，我们一直践行着"生活要节俭，做事要坚持"的家风家训，也会把它一代一代传下去。

（原载于2022年4月22日《羊城晚报》）

母亲变成了孩子

　　我的母亲五年前得了脑出血，留下半身不遂的后遗症，从那时起，我感觉母亲像变成了孩子。

　　首先，一向坚强的母亲，忽然变得爱哭鼻子，就像一个孩子，稍不如意就发脾气大哭。比如，前天她要穿那件黑色的棉袄，可是我感觉那件黑色的棉袄太薄，初冬穿穿还行，在这三九严寒的天气穿，身体肯定受不住。所以，我就不同意她穿那件黑棉袄。她就开始鼻涕一把泪一把地哭着说自己没本事了，想穿什么衣服，自己也不能做主。我是最看不得母亲流泪的。她每次流泪，我心里就特别难受。于是，我就把黑棉袄给她穿上，把空调的温度再调高一些。生活中还有其他不如意的小事，她也是以哭来表达她的不满意和委屈。

其次，母亲开始像孩子一样挑食，米饭、面条一概不吃，主食只吃馍馍，蔬菜类、豆类食品一概不吃，即使我做好了，母亲照样一口不尝。昨天我笑着问母亲："豆腐你可以嚼动，你为什么不吃呢？"她笑笑说："就是不想吃，不喜欢吃。"有时，母亲的口味还让人觉得匪夷所思。她满嘴没几颗牙齿了，能嚼动的豆腐不吃，却偏偏喜欢吃硬邦邦的莲藕。有时，我感觉母亲像孩子一样任性。

还有穿衣洗脸。春、夏、秋三季，母亲衣服穿得少。她偶尔也能自己把衣服穿好。冬天穿的衣服多，她行动不便，自己就穿不上了，甚至起床时坐起来的能力也没有了。

每天早上，我首先帮她把被子掀开，扶她慢慢坐起来，然后慢慢帮她把棉袄穿上，接下来再给她穿棉裤、袜子和棉鞋。她特别像一个孩子，乖乖地让我给她穿衣穿鞋。

衣服穿好，我搂抱着她坐在轮椅上如厕。等一切收拾好，我开始给她洗脸梳头。此时，母亲是安静的，我感觉她特别享受我对她的侍候。

母亲一辈子并不容易。她年轻时，我的父亲在外地上班，她在老家农村一边干农活，一边照顾我们兄妹四人。如今，她的儿女都已经成家立业，她到了享福的时候，老天却没有眷顾她，而是冷冷地给了她一记重创，让她患了半身不遂，生活不能自理。说实在的，我一直很心疼母亲。

生命就是一场轮回，我小时候母亲照顾我的饮食起居，等到母亲老了，我又像照顾孩子一样照顾母亲。岁月不居，我不想留下"子欲养而亲不待"的遗憾。我甘愿像照顾孩子一样照顾我的母亲。

（原载于2021年1月28日《颍州晚报》）

母亲的馍丸

随着春节的临近，我更加想念儿时母亲做的馍丸。

自从母亲得了半身不遂，我就再也没有吃过她做的馍丸，但儿时过年时她做的那种里软外焦、令人唇齿留香的馍丸，永远留在我的记忆里。

所谓馍丸，就是用馍馍做的丸子。小时候每到过年，母亲大都在腊月二十五六开始准备各种美食。除了炸鱼、炸肉、煨海带、煨干菜之外，馍丸是每年必不可少的美食。

母亲在炸馍丸的前一天晚上，把提前几天留下的干馍馍剥去皮，用清水浸泡一夜。第二天吃过早饭，把浸泡馍馍的清水滤掉，此时馍馍已经被浸泡得像面糊一样柔软。母亲把盐、五香粉、葱花和一些面粉一起放在浸泡好的馍馍里，搅拌均匀，使其成糊状。然后，往锅里倒上菜籽油。那时家家户户都烧地锅，由于我父亲常年在外地工作，我和哥哥年龄又小，所以一年到头做饭烧锅的工作都是母亲一个人在做。

每到母亲炸馍丸时，我总是站在厨房里看她忙好盆里又忙灶里。有时，我也想帮母亲烧锅，感觉把柴火放进灶里，柴火立刻燃烧起来挺好玩的。母亲却说我把火烧得太死是帮倒忙，她不让我烧锅，所以我只好眼巴巴地看着她一会儿蹲下，一会儿站起来，在灶台边来回忙碌。

灶膛里的火苗映得母亲的脸红彤彤的，她还来不及享受一下温暖，又站起来走到锅边，两只手配合着把盆里的糊糊抓挤出一个圆圆的馍丸，放进油锅里。片刻工夫，馍丸就变成了金黄色，像一个个小太阳在油锅里嗞嗞地冒着泡泡，此时满屋子都弥漫着香气，我总是急不可待地看看母亲，看看锅里，嘴里不受控制地流出涎水。

母亲看出我的馋相，总是把刚炸好的馍丸拿起一个塞到我嘴里，有时烫得我龇牙咧嘴，我也舍不得吐出来，就那样嚼嚼就咽到了肚子里。那种感觉真是回味无穷。

现在人们的物质生活极大地丰富了，多年前我也在城里安了家。母亲知道我喜欢吃馍丸，每到过年时都会炸一袋馍丸给我送来。直到后来她生病了，我再也吃不到她亲手做的馍丸了。有时想吃馍丸，就到超市转转，但是超市里卖的大都是萝卜丸、肉丸、荠菜丸，唯独没有馍丸。没有了馍丸，我心里总是涌起一阵失落，感觉年味也淡了。年年春节，今又春节，我想念童年时那美味的馍丸，更想念我的母亲……

（原载于2022年2月5日苏里南《中华日报》）

回乡

　　母亲去世一年后，八十岁的老父亲坚持要叶落归根，回到阔别三十多年的农村老家定居。考虑到父亲年事已高，衣食住行都不方便，在不同城市上班的我们兄妹三人坚决反对他的决定。父亲却在一个平常的上午独自坐车偷偷回了农村老家，住在我小叔家里。不得已，我和两个哥哥请假，一起回了老家。

　　我是1991年从师范学校毕业后离开的老家，后来父母也不在老家居住了，我也就没再回来过。那时农村老家出门都是土路，一到下雨天出门，两只鞋上粘的泥巴能有二斤重，还有那条通往县城的坑坑洼洼的石子路，坐车能把人颠到吐。想到这些，我心里就越发不舒服。虽然我们老家在一个小集镇上，但那时集镇上只有为数不多的几家商铺，商品也很单调，大多是农具，以及人们生活必须用的油、盐、酱、醋、布，还有小孩子吃的糖果、米团之类的小零食。一想到父亲回到那个连香软的肉包子都买不到的农村老家，我心里就开始埋怨他，不知他是怎么想的，生活在交通便利的城市不好吗，干吗非要回到干什么都不方便的老家呢？唉，真是越老越固执！

那天早上大哥开车带着我和二哥一起回老家。一路上，我们兄妹三人一直声讨父亲的固执，责怪父亲放着舒适的城市生活不过，偏偏要回各方面都落后的农村，真是自讨苦吃！

我们兄妹三人数落着父亲的不是，不知不觉到了当年那条坑坑洼洼的公路上。令人惊讶的是，坑坑洼洼的石子路不见了，车轮下是一马平川的水泥路面。我本来紧绷的心也不由得放松下来。

　　二十分钟后，远远地，我看到了自己度过青少年时期的颜集镇。以前破落的、高低不平的民房不见了，映入眼帘的是一排排两层小楼，路边是挂着五颜六色的招牌的各种店铺。这变化也太大了吧，和三十年前集镇上寥寥无几的几家商铺相比，简直是天壤之别！

　　车子继续向集镇中心慢慢行驶，此时是中午，正巧那天逢集，以前冷冷清清的街道上如今到处是熙熙攘攘的人流，人们的脸上荡漾着隐藏不住的笑意，路两边停满了私家车。

　　"哇！哥，你看，那还有快递站呢！那儿还有华莱士！那儿是百货大楼颜集分店！亳州医院颜集分院！哎哟，还有好几家旅行社！"我惊讶地看着车窗外，不停地叫着。真是少年离家零落景，归来已是景非凡。

　　我们到了小叔家。小叔七十多岁了，前几年他去城里看望我父母时，我见过他。那时他连老年手机都不会用，现在居然学会了用智能手机。"小叔，你可以呀！智能手机都会用了！"大哥笑着对小叔说道。

"不会用不行啊！红印（小叔的儿子）在上海打工，不放心我和你婶在家，每天晚上都要和我们视频一次。我不会也得学啊！"小叔笑着说道。绽开的皱纹里透着自豪和幸福。

吃过早饭，父亲带着我们兄妹三人首先去了距离小叔家不远的广场，广场上配备了各种健身器材。父亲高兴地说，他在老家这几天，每天早晚都和小叔一起来这里锻炼身体。接着，父亲又带着我们去了颜集镇新开发的另一条街，新街上超市、餐馆、母婴用品店、服装店、卖电瓶车的商铺、旅行社，一家挨着一家，俨然一个热闹的小县城！

想到父亲在老家吃穿住行都很方便，最终我们同意了父亲留在小叔家。同时，我们决定每周末轮流回老家看望父亲。

回城的路上，我不由得想到，三十多年来，老家发生了翻天覆地的变化，交通发达，人们生活幸福，这一切都是依靠国家的好政策啊！父亲能在老家安享晚年，也是一种莫大的幸福。

（原载于2022年4月9日"学习强国"）

无根之花

　　老舍曾说："人，即使活到八九十岁，有母亲，便可以多少还有点孩子气。失了慈母便像花插在瓶子里，虽然还有色有香，却失去了根。有母亲的人，心里是安定的。"对老舍先生这话，我深以为然。

　　我的母亲上个月去世了，开始时我是不能接受这个现实的。我一度幼稚地认为母亲还能活过来，还能和我一起回家。但事实就是事实，母亲已经眠于地下一个月，我不得不接受母亲已经仙逝的事实。

　　母亲去世了，有那么一瞬间，我觉得自己像天上的风筝，那个牵着风筝线的人突然放开了手中的线，没有拉力的风筝开始在空中漫无目的地四处飘零。一瞬间又感觉像老舍先生所说，自己就是那瓶中的无根之花，虽然每天生活得有声有色，心里却总是无法安定。

母亲患上半身不遂之后，除了睡觉在床上，其余时间都是在轮椅上度过的。

2021年3月6日，母亲第二次突发脑出血后，永远地离开了我。

母亲走了，我每天下班回家，再也看不到她坐在轮椅上等着我下班。看着空空的轮椅，我总是控制不住自己的眼泪。每天做饭时，看到母亲经常用的那副碗筷，我心里又是一阵阵难受，她再也吃不到我做的饭了。

晚上洗脚时，我又想起每晚给母亲洗脚的情景。母亲洗脚特别喜欢用烫脚的水，哪怕水烫得不能把脚放进去，她也不让放凉水。她总是把脚放在盆沿上，一点点试探水的温度，等到水的温度慢慢降下来，她才把脚放进盆里，每次都把脚烫得红红的。如今，我再也不能给母亲洗脚了，心里很难过。

母亲在世时，因为不能行走的原因，有一段时间脾气特别暴躁，吃饭特别挑食，有时不知道因为什么事惹着了她，她就发脾气大哭大闹。那时我感觉母亲特别难伺候，有时实在忍受不了她的坏脾气，还和她顶几句。如今，她离开我，去了另一个世界，不再对我发脾气，不再对我耍小性子，我没有感觉到轻松，反而日日夜夜希望她能再对我发发脾气。但是，我再也见不到她了。

母亲一辈子很不容易。她年轻时，我父亲在外地工作，她一个人既当爹又当娘，在农村老家照顾我们兄妹四人，每天要像男人一样下地干农活，同时还要照顾我年迈的奶奶。无论生活多么艰难，母亲从来没有向任何人抱怨过。

如今，她的儿女都已成家立业，在她可以颐养天年的时候，她却患上了严重的脑出血。几番治疗，也没能把她从死神手里夺过来。

　　我的母亲走了，我再也见不到她。我成了插在瓶子里的花，虽然有声有色，却没有了根。

　　（原载于2021年11月8日《繁荣报》）

爸爸，对不起

青青的爸爸李涵，和她的妈妈李丽离婚了。原因是青青的姥姥、姥爷一直看不起家在农村的李涵，经常对李涵吆五喝六，从不正眼看他。

李丽当初嫁给李涵，一是相中了他的高大帅气，二是相中了他的憨厚老实，以及对自己百依百顺。

青青的姥爷开了一家物流公司，李涵是这个公司里的一个打工仔。

有一天，李涵一不小心从一个小山似的货物堆上摔下来，右腿骨折了。他不能再像以前一样把李丽当公主一样捧着，李丽反而要投入全身心地照顾他。

一直娇生惯养的李丽，从小到大都是别人照顾她，她却从来没有照顾过别人。虽然李涵是她的老公，但她照样不愿意照顾，不仅不照顾，还不停地唠叨，说李涵一点本事没有，码个货物都码不好，真是白长了那么高的个子。

青青的姥姥、姥爷本来就嫌弃李涵，这下更有了说辞。老两口要么不去医院，去医院就是唠叨，说李涵没本事挣钱也就算了，做事还不认真，腿摔骨折了，又要花他家一笔钱！

李涵也是有血有肉的七尺男儿，平时好胳膊好腿，受他们一家的气也就算了，现在骨折了，一家人不但不安慰他，还都说些讽刺他、挖苦他的话，他越想越气，没等腿好利索，就执意和李丽离了婚。青青跟着李丽，李涵每月给青青八百块钱抚养费。

李涵和李丽离婚后，到了另一家物流公司打工。凭着不怕吃苦不怕累的干劲，每月他都有一千多块收入。在二十世纪九十年代，这算不错的收入了。

李涵在物流公司打工一个月时，遇到同样来这个公司打工的离异女子赵丽华。也许是因为同病相怜，半年以后，他们结婚了。

李丽听说李涵和她离婚半年就结婚了，怀疑李涵和她离婚之前就和赵丽华"有一腿"，就开始在青青面前说她爸爸的坏话。

那时青青还小，刚上二年级，平时和爸爸不怎么说话。当时还不懂事的她，对妈妈的话深信不疑，开始恨自己的爸爸。

有一次，李涵买了一兜零食，高高兴兴地去学校门口看女儿。让李涵难堪的是，青青当着那么多家长的面，把他送的零食全部扔在地上，对他大叫道："你做了对不起我妈的事，我恨你！我恨你！我永远都不想再看到你！"她还用脚踩了几下地上的零食才扬长而去。

青青回家把自己对爸爸做的事情告诉妈妈，妈妈直夸她做得对，还夸她是妈妈最贴心的小棉袄。

后来李涵不再去看青青，但是每月的抚养费还是如数交给李丽，从来不少一分。

青青从小学到中学，再到大学，一路走来，没有再见过爸爸。但是当她看到别人的爸爸时，她心里隐隐还是有些疼痛。血浓于水的亲情无论何时都不会消失。

青青快大学毕业时，有一天夜里，不知怎么回事，她居然梦到了爸爸。她梦到爸爸为了给她挣学费，给别人拉货时被一辆疾驰而过的车撞飞了。

青青被噩梦吓醒后，再也没有睡着。她算算，自己和爸爸已经十多年没有见面了，不知道见面了，她是否还认得爸爸，爸爸是否还认得她。那一夜，青青翻来覆去，一直没有睡着。

青青决定去看看爸爸。通过多方打听，她才知道爸爸由于得了一场大病，不能再在外边干活挣钱了，已经于几年前和他的妻子回了老家。

一个周日的早晨，青青没有告诉妈妈，自己偷偷去了爸爸的老家。在村里人的指引下，青青远远地看到了十几年没见的爸爸，他的头发已经花白，背有点驼，走路还有点不利索，正在自家院子门口翻晒玉米。

那一刻，青青的眼睛一下模糊了。这十几年，爸爸生活得很不容易。他一直拖着病体耕种家里的几亩薄田，收入微薄，但是他从来没有少给过女儿一分抚养费。虽然女儿多年来不愿见他，但是他从不抱怨，而是一直默默地为女儿劳碌着。

泪眼蒙眬中，青青一边在心里对爸爸说着对不起，一边快步向爸爸走去……

（原载于2020年第11期《公路文艺》）

路灯下的父爱

　　上周我们一家三口外出旅游，昨天凌晨两点回到我们当地的火车站。由于我家距离火车站只有两站路，所以我们决定步行回家。

　　夜晚的街道，没有了白天的喧嚣，满眼的空旷冷清，偶尔有一辆轿车飞驰而过。我们一家三口即将走到我家楼下时，看到路灯下有一位五十岁左右的黑瘦男子，站在一个三轮车旁边卖西瓜。

　　我们一家三口夏天最爱吃的水果就是西瓜，于是我对老公说："咱们买一个西瓜带回家吧。"

"好。"老公立刻答应下来，接着他说，"正好我也可以休息一下。"老公肩背手拿好几个包，确实够累的。

我开始挑西瓜，老公和瓜农闲聊起来："这大半夜，路上几乎没人，你这西瓜不好卖啊。"

"没几个了，说不定有过路的就买了。你看，你们不就买了一个吗？呵呵。"他笑着说道。

"说得也是。"我老公回应一句，接着说，"你这整夜不睡觉，受得了吗？"

"两个孩子上学都需要钱，白天太忙，没时间出来，夜里不熬夜卖点瓜不行啊。熬习惯就好了。"他平静地说道。

"孩子多大了？知道帮你吗？"老公继续问他。

"一个上大学，一个上高中。两个孩子都知道我卖瓜辛苦，他们夜里跟着我出来过两趟，我不忍心看他们跟我一起受罪，就不让他们跟着了。"

"我不忍心看他们跟我一起受罪"，这句话深深刺痛了我。什么是父爱？这就是父爱啊！为了孩子，他起早贪黑，任劳任怨。他不是那种会表达父爱的人，也说不出什么深刻的道理，他能做的就是拼尽全力给孩子铺一条通往美好生活的路。

"你这个爸爸太不容易了。"老公感叹道，接着对我说，"多买两个吧，看这大哥挺不容易的。西瓜卖完了，让他早点回家。"

"好嘞！"我立刻同意了老公的建议，又买了两个西瓜，让大哥装在一个蛇皮袋里。

我背着那个装有三个西瓜的蛇皮袋，向我家的方向走去，不时扭头看一眼那位路灯下的父亲。昏黄的灯光照在他瘦弱的身体上，散发出暖暖的父爱之光。我唯有在心里默默祈愿他的西瓜能早点卖完，他能早点收摊回家，和家人团聚。

（原载于2021年第10期《长河诗刊》）

文 065

"无情"的父亲

我父母育有四个子女，我是家中唯一的女孩。1983年我初中毕业，由于平时学习不努力，中考时名落孙山。

我的父亲是一名医生，正巧那时即将退休。二十世纪八十年代，有父母退休，子女可以接班的政策。意思是父母退休，子女无论学历高低都可以接替父母去工作。在那个时代，有了工作也就有了一辈子的铁饭碗，这是非常令人羡慕的事情。

当时我很自信地认为父亲一定会把这样的好机会留给我，因为我是他唯一的女儿，而且我能感觉到父亲平时对我的疼爱远远超过对我的三个哥哥。

令我做梦也想不到的是，当我把自己的想法告诉父亲时，父亲却果断地拒绝了我。

我还记得当时我和父亲大吵一架的情景。父亲严厉地对我说："我不同意你接替我的工作！我是个医生，做的是人命关天的事情，工作中一点纰漏都不可以发生，否则就会造成严重后果。你会干什么？你有看病的技术吗？你什么都不会，还想接替我的工作，想都别想！老老实实去复读，凭自己的本事去赢得一份工作，那才叫能耐！"

对接替父亲的工作这件事，我一直自信地认为非我莫属，结果父亲的话却像一盆冷水浇在我头上，让我措手不及。我当时就恼怒了，脸红脖子粗地哭着对父亲叫道："为什么别人的爸爸退休了，孩子都可以接班，我就不能？我现在是没有看病的技术，将来我可以去学习！"

"不管怎么说，我是不会同意的。有本事，你自己去考！"父亲冷着脸撂下这句话，不再给我解释，头也不回地离开了，留给我一个冷冰冰的背影。

后来母亲也帮我求过父亲几次，但是父亲始终没有答应。说实在的，那时我特别痛恨父亲的无情。

那个年代，考学太难了。有这么一个机会，能让我轻松地拥有一份工作，而父亲却不同意，我对父亲的无情恼怒到极点。

最终，那个我梦寐以求的铁饭碗还是被父亲无情地放弃了。我实在想不通，父亲当时为什么要那样做。

就这样，我的美梦彻底破灭了。

当时我的三个哥哥都凭自己的刻苦努力考上了中专和高中，而我却初中毕业后只能待在家里。

工作上的事情是指望不上父亲了，看情形，我只有依靠自己的拼搏努力才能拥有一份工作，才能改变自己的命运。

于是，一年后，我重新回到校园，开始复读。经过努力刻苦的学习，我终于考上了我们当地的一所师范学校，毕业后当了一名光荣的人民教师。

后来，我听说我们那边有几位接替父母的工作的工人，都因为没有技术，只是在单位做一些打杂的工作。九十年代，他们中很多人下了岗。

　　现在回想父亲当年对我的"无情"，其实是一种有情的表现。如果没有当年他无情的拒绝，我也不会发奋努力学习，不会有今天的好工作。我的父亲用他的"无情"诠释了什么是"父母之爱子，则为之计深远"。

　　　　　　　　（原载于2020年第12期《东方文学》）

七十九岁的"妮儿"

前两天看到一段视频，七十九岁的女儿去看望九十七岁的母亲，离开时，她母亲的两句话瞬间让我流泪："妮儿，路滑，慢点走！""妮儿，吃饭没？好好吃饭……"

短短的两句话，让我感受到了一位九十七岁的老母亲对七十九岁的女儿的宠溺和疼爱。一句"妮儿"，让我深切地体会到了，孩子无论多大、多老，在父母眼里永远都是孩子！

看着这对老年母女情深似海的画面，我不由得想到了自己。我已经五十多岁了，每次回娘家，八十多岁的父母都喊我的乳名："慧儿，咱家院子里的石榴树和柿子树今年结了好多果子，我给你每样留了一袋，你回去时别忘了带回家。""慧儿，别人给的一包豇豆，我和你爸吃不完，你走时别忘了带一些。""慧儿，今天我自己做的手工馍，你尝尝味道咋样。"

听着父母一句一个"慧儿"，我心里充满了温暖和惬意。我很享受父母这样称呼我，心甘情愿在他们面前当个小孩子，这样我就可以在他们面前撒撒娇——我多么希望这种"当小孩"的感觉能够永远持续下去！

记得有一次我去亲戚家喝喜酒，同桌有位一直默不作声的八十多岁的老奶奶。旁边的亲戚低声告诉我，老奶奶得了老年痴呆症，所以儿媳妇就坐在她旁边照顾她，把菜夹到婆婆的碗里。鸡蛋木耳肉丸汤端上桌时，老奶奶突然站起来，笑着指着汤碗里的鸡蛋。儿媳心领神会，拉她坐下后，和颜悦色地对她说："妈，您想吃鸡蛋啊？好，您坐下，我用勺子给您舀过来。"老奶奶坐下了，看着儿媳把鸡蛋舀进她碗里。接下来发生的一幕让满桌人都愣住了。老奶奶突然捞起鸡蛋，转身就走，一边走一边反复念叨："鸡蛋给我的柱儿吃！鸡蛋给我的柱儿吃！""柱儿"是老奶奶的儿子的乳名——老奶奶得老年痴呆症多年了，却依然记得儿子的乳名！

这时，从邻桌过来一位六十岁左右的头发花白的老人，他一把拉住老奶奶："妈，我吃过鸡蛋了，您吃吧！"

"柱儿，给你鸡蛋吃！好吃！"老奶奶看到儿子，眼里立刻有了光，脸上也现出了笑容，拿着鸡蛋就往儿子嘴里塞，一边塞一边说，"柱儿，鸡蛋好吃，赶快吃了！"六十多岁的儿子，为了让母亲高兴，本来已经吃饱了，但还是当着母亲的面把那个鸡蛋津津有味地吃了下去。老奶奶眼睛一眨不眨地盯着儿子把鸡蛋吃完，布满皱纹的脸笑成了一朵灿烂的花。

"爱子心无尽，归家喜及辰。""母苦儿未见，儿劳母不安。"天底下所有的母亲对孩子的爱都是无穷尽的，她们宁愿自己吃苦受累，也看不得自己的孩子受一点委屈。

时光荏苒，岁月不居。时间让父母和子女一起慢慢变老，而藏在父母和儿女心间的那份亲情却永远不老！那么，趁我们现在还走得动、听得见、说得出，就常回家看看吧，陪父母散散步、聊聊天、吃吃饭——陪伴是最温暖的孝敬。孝敬，永远等不得！

（原载于2020年12月18日《果乡文化》）

我和二宝成同学

今年暑期开始，我给二宝在少年宫报了他比较感兴趣的葫芦丝班。

上课第一天，我对老师说，我家二宝年龄小，不一定能听懂老师讲的课，能不能让我坐在教室后面听课，这样课后好辅导孩子。老师说不行，如果同意我进教室，别的家长肯定也要进去，到时不好管理。

我思忖片刻，想到一个主意。我问老师，如果我也交费，能不能跟着老师学？老师说他问问少年宫的负责人再答复我。

第一节课上完后，我让二宝把老师在课上教的内容讲给我听听。果然如我所料，他只记得"哆来咪"，记不得"哆就是1，来就是2，咪就是3"，也不知道吹这几个音符时应该用哪个手指。

二宝因为没有掌握好课上的内容，吹不出曲子，情绪明显低落，兴趣也明显没有刚开始去学时高涨。我已经看出来，如果没有我的辅导，二宝学葫芦丝肯定坚持不了多久，因为他已经有了明显的挫败感。

二宝第二次去上葫芦丝课时，老师告诉我，根据我家二宝的特殊情况，家长交费可以进来学习。就这样，我交了学费，买了葫芦丝和教辅书，成了二宝在葫芦丝班的同学。

二宝还不到六周岁，每次一个小时的课，他总是坐不住。我坐在教室后面看他经常走神，老师每次让学生单独演奏时，他总有一两次一脸茫然，不知老师所云。这也是他不能掌握老师所教的内容的原因。

老师上课时，我就以一个真正的学生的身份听课。老师讲到重点内容，我就用手机录下来，回家后反复学习琢磨。等熟练掌握后，我就以同学的身份和二宝一起练习演奏曲。二宝感觉我当他的同学很有趣，以前学不会带来的沮丧、抗拒葫芦丝的情绪也没有了，而是兴趣盎然地和我比赛。

为了激起二宝学习葫芦丝的热情，我偶尔示弱，故意输给他几次，他练习的兴趣更大了，有时间就缠着我比赛。

二宝的学习兴趣提起来了，无形中演奏水平就上去了。经过半个多月的学习，他已经能用葫芦丝非常流畅地吹出三首儿歌。

我曾在一本书中看到过一句话："最好的亲子关系，就是父母和孩子一起成长，一起学习。"我深以为然。

记得二宝刚上幼儿园时，为了让他背诵《唐诗三百首》，我也是和他做同学。当时我们俩商量好，每人每周背诵一首唐诗，背下来一首就在记录本上画个五角星（我们俩每人一个记录本）。学期结束，谁背诵的唐诗多，就满足谁一个愿望。

第一学期结束时，二宝比我多背诵了五首唐诗。这绝不是我谦让他，而是真实成绩，因为我背得快忘得也快，二宝会背了，虽然有忘记的，但是很少，所以他超过了我。

父母和孩子在一起学习，真是一个让孩子爱上学习的好方法。一方面，父母可以给孩子做个好榜样；另一方面，孩子感觉和父母做同学既有趣又放松，无形中就激发出了学习兴趣。在二宝未来学习成长的路上，我相信，我还会和他做同学。

（原载于2021年10月29日《镇江日报》）

我陪二宝写作业

二宝今年上幼儿园大班。为了让孩子们提前感知一下小学的作业模式，从上学期开始，老师开始给孩子们留一点家庭作业。第一天，老师留的家庭作业是写数字"1"。我对二宝说："你把本子和笔掏出来，从今天起，你要开始写作业了。""妈妈，什么是写作业？"二宝好奇地问。"就是老师让你回家在本子上写字。"我简单地回答二宝。"好啊！我会写！"二宝似乎有点兴奋地说道，然后从书包里掏出本子和笔，像模像样地写起来。但是他只写了三个"1"就开始不停地说话，说在幼儿园看的动画片，说哪个小朋友挨老师的批评了，而且说着说着就开始玩手里的铅笔。我不时提醒他，写作业不能说话，要集中注意力。但是，最后的结果是，我提醒一次，他写两个字；我不提醒，他不是说话，就是发呆或者玩橡皮、铅笔。

这样不能集中注意力写作业肯定不行啊！何况这是第一次写作业，如果没有一个良好的开端，以后养成不良的写作业习惯，再想改正就难了，我思考着。

从早期教育理论来讲，四五岁的孩子模仿能力最强，如果你想让孩子做一件事情，你给他讲十遍，不如你亲自做一遍给他看有效果。

为了让二宝养成良好的写作业习惯，我决定自己坐在他旁边，不再像监工一样时刻盯着他，而是自己找个本子像他一样写作业。我找来一本《唐诗三百首》和一个笔记本，对二宝说："妈妈和你一起写作业，咱们俩比赛，看看谁写得又快又干净，好不好？""妈妈，你也写作业？"二宝好奇地问我。"是啊。这是我们领导留的作业，就是把这本书上的字抄在这个本子上。"我指着《唐诗三百首》和笔记本，微笑着回答二宝，继续道，"从现在开始，我们谁都不准再说话，也不准做其他事情，只能写作业。""好啊！妈妈，我肯定比你快！"二宝听说要比赛，立马有了兴趣。"不仅要快，还要整洁呢！"我赶紧又补充一句。"好，妈妈，咱们开始比赛吧！"二宝已经迫不及待要比赛了。"好，比赛开始！"我认真地喊了一声，二宝赶紧低头写起来，我也开始在笔记本上认真抄写唐诗。

二宝刚写一行，我用余光看到他抬头想说什么，但装作没看到，继续奋笔疾书。二宝看到我一直认真写字没理他，似乎想到了什么，也认真写起来。中途，二宝几次想说话，我向他做个嘘声的动作，他立刻明白了我的意思，赶紧低下头继续写。就这样，在我的示范和陪伴下，二宝十多分钟就完成了作业。

后来，我又陪着二宝写了很多次作业，他慢慢养成了写作业不说话不做小动作的良好习惯。同时，我也背诵了不少唐诗。不得不说，家长陪孩子写作业真是一件一举两得的好事情。

（原载于2021年3月8日《生活晨报》）

母子乐学时光

每天吃过晚饭，我和二宝会沿着小区门口的一条马路散步。

二宝今年刚上一年级，目前拼音基本学完了。为了让二宝牢记学过的拼音，最近我想了一个办法，每天我们散步时，我说词语，让他说词语的注音，这样就能轻轻松松巩固他学习过的拼音了。

为了引起二宝的学习兴趣，我按照一贯的育儿经验，对他多表扬多鼓励，错了也不批评，及时给他纠正，他改好就行。

刚开始时，我是随口说词语，看到什么说什么，比如马路、路灯、行人、红灯、绿灯等。二宝感觉我说这些很好玩，总是笑着回答我。有时我想不起下一个词语，他就追着让我快点说。

就这样，我们走着说着，我说一个词语，他说一遍词语的注音，不知不觉就把学习过的拼音说了一遍。后来，为了提高二宝的思维能力，我让他给词语注音后，再用这个词语说一两句话。

二宝对我这个提议欣然接受。比如我说"马路"这个词，他要说出注音，再用"马路"这个词说一两句话，也就是造句。他快速思考后说出"我和妈妈走在马路上""马路上有很多汽车"。我及时表扬他说得非常好。得到表扬，二宝更加高兴，继续追着我，让我快些再说词语，并且笑着说："我要说拼音！""我要造句！"学习兴趣高涨，真实印证了"好孩子是夸出来的"这句育儿名言。

我和二宝这样散步，巩固他的语文知识，我还经常给他出计算题，锻炼他的计算能力。目前，他刚学完十以内加减法，于是我利用散步时间，出算术题让他计算。经过十多天的练习，现在他在五分钟内可以完成四十道十以内加减法题目。

我们还互相出脑筋急转弯题。有时他说的脑筋急转弯题我回答不上来，有时我说的脑筋急转弯题他猜不出来，但是我们并没有气馁，而是友好地告诉对方继续比拼。

有时我们也一起背唐诗。总之，只要是他能接受的知识，我都会想办法轻松地让他学习。

我和二宝一起散步，不仅锻炼了身体，而且让他轻松学习了一些文化知识，同时增进了我们母子之间的感情。陪娃散步，真是一举三得啊！

（原载于2021年11月19日《乌鲁木齐晚报》）

请让孩子把话说完

昨天下午，二宝放学刚回到家，就苦着脸对我说："妈妈，对不起。"

看到二宝的苦瓜脸，没等他说完，我立刻焦急地问道："怎么了？测试没考好？"早上上学时，他告诉我下午有语文小测试。

"是的，最后一道题我没做。"二宝一脸沮丧愧疚的表情。

"怎么能有一道题没做呢？"我的急脾气上来了，我无视二宝的一脸愧疚，生气地责备他。还没等他回答，我继续责问道："考试时你是玩笔了还是发呆了？不然不会最后一道题没做啊！"二宝平常写作业时经常做这样的小动作。

"妈妈，我没玩笔，也没发呆，我肚子疼，呜呜……"二宝委屈地哭起来。

我一听他是因为肚子疼没写最后一道题，知道自己错怪了他，赶紧把哭着的他搂在怀里，顾不得再说测试的事情，连忙问他："肚子咋疼了呢？现在还疼吗？"他爸爸（是他就读的学校的老师）从卫生间里走出来对我说："中午我给他买药吃了，现在应该没事了。"

我知道自己错怪了二宝，赶紧对他说："宝贝，对不起，妈妈错怪你了。"

"没事，妈妈。"二宝擦擦眼泪，笑着对我说。

看着二宝带泪的笑，此时我心里倏地涌起愧疚，同时我想起不久前在网络上看到的两件事。

一件事是一位妈妈洗了两个苹果放在果盘里，儿子看到后，一手抓起一个苹果，快速把两个苹果都咬了一口，妈妈生气地大声说道："你这孩子真不懂事，太自私了！有两个苹果，你也不说给妈妈吃一个！"

"妈妈，我不是要把两个苹果都吃了，我是想先尝尝哪个苹果更甜，我想把更甜的那个给你吃。"儿子看着妈妈认真地说道。

另一件事是一位老师发现学生的数学课本不见了，烦躁地没有听学生解释，就武断地当众批评学生粗心大意，后来他发现是自己不小心把学生的课本带到了办公室。还好，事后老师认识到了自己的错误，给学生写了一封道歉信，并且送给那位学生两盒牛奶。

生活中，无论是老师还是家长，或者是其他人，总爱用自己以往的经验对别人的行为下结论，而且等不得别人解释。就像我责怪二宝，因为他以前写作业时爱玩笔爱发呆，我就用以往的经验认定他测试时题没做完，是他玩笔发呆造成的，真实的原因其实是测试时他肚子疼。

还有那位责备"不懂事"的儿子的妈妈，其实她的儿子并不自私，而是想把更甜的苹果给妈妈。还有那个批评学生粗心大意的老师，不是学生粗心大意，而是他自己粗心大意。成年人不给孩子解释的机会，按照以往的经验就快速认定目前孩子的行为是错误的，最终却背离了事情的真相，冤枉了孩子。

孩子的心理是敏感脆弱的，有时大人不经意的主观臆断，有可能把孩子伤害得很深。所以当孩子犯了你所谓的"错误"时，请让孩子把话说完，给孩子一个解释的机会，然后和孩子一起找出问题的原因，再共同解决问题。

（原载于2021年12月16日《珠江时报》）

二宝爱上"学习强国"

平时我爱和二宝做一些好玩的亲子游戏，比如"小兔搬家""小猫找妈妈""百变纸杯"等。我们每次做游戏，二宝都特别开心。

前段时间，有一次我们做完了游戏，二宝忽然问我这么多好玩的游戏是从哪里学来的，我就告诉他，是从"学习强国"上学来的。

"'学习强国'上还有教做游戏的啊？"二宝惊奇地问我，因为平时他看我总在"学习强国"上做题或者看新闻，他一直以为"学习强国"只有大人才可以看。

"是呀！'学习强国'上不仅有好玩的游戏，还有动画片，还有被做成动画片的'每日一招'，以及科学知识讲座、绘本故事，总之有很多很多内容。"我立刻回答。

"这么多有趣的内容啊！"二宝惊奇得眼睛都瞪圆了。

"是啊！"我也做出夸张的表情回应他，"我刚才说的只是适合小孩子看的内容，还有很多适合大人看的内容呢！"

"妈妈，我可以看'学习强国'吗？"二宝期待地看着我。

"嗯，"我思考了片刻后回答道，"你可以看，但平时每天最多看十五分钟，周六周日可以看三十分钟。"

"好！妈妈放心吧，我绝对不会超时的。"二宝立刻答应下来。

自那天以后，二宝每天完成自己的学习任务以后，按照约定，我会让他看十五分钟"学习强国"。

二宝最喜欢看"学习强国"上的教育栏目《亲子课

堂》,《亲子课堂》里都是适合低龄儿童看的内容。其中《熊小米读科学》是二宝最喜欢看的,他每次看过都会用里面的问题考考我,比如"为什么人是独一无二的?""人脑里可以装芯片吗?""微生物的世界是什么样的?"

说实在的,二宝问我的这些问题,我真不知道答案。二宝就用他在"学习强国"上看到的内容认真地告诉我答案。

二宝在"学习强国"上不仅懂得了很多科学知识,而且通过一些绘本故事知道了在别人需要帮助的时候,自己要伸出援助之手,还学会了很多朗朗上口的儿歌。

"学习强国"就这样让我家二宝收获多多,也让我这个当妈妈的跟着他一起有了更多收获!

（原载于2021年12月18日《芮城信息》）

陪伴孩子最重要

自今年九月份开始，教育部对所有中小学生实施"双减"政策，明确规定小学一二年级不得有笔试，不留书面家庭作业，不得分重点班、实验班。其他年级每学期可以组织一次期末考试，书面家庭作业的完成时间每天不得多于一小时。

政策一出，几家欢喜几家忧。有些家长欢喜的是以后不用辅导孩子作业了，有些家长担忧的是孩子不写作业，将来可能考不上好中学、好大学。

我一直认为学生"减负"了，家长的责任并没有减少，因为家庭教育在孩子成长的过程中有着至关重要的作用，有时甚至起决定性作用。

我家二宝今年上一年级，为了让二宝既能体会童年的快乐，又能轻松地学习文化知识，"双减"落地后，我这样陪伴孩子——

首先，让孩子养成阅读习惯。为了让二宝爱上阅读，我们家各个房间里都有书，随手都能拿到。每天孩子放学后，我不再盯着手机屏幕，而是拿起书本默读。

父母是孩子的榜样，二宝看到我每天回家不再看手机，而是读书，他也看样学样拿起他的故事书读起来。

董卿曾说过，你想让孩子成为什么样的人，你就首先成为什么样的人。这句话说的是在孩子成长的过程中，父母作为孩子的榜样的重要性，我深以为然。

开学两个多月，二宝在我每天阅读的影响下，已经养成了阅读习惯。

其次，让孩子养成运动的习惯。强健的体魄对孩子来说是最重要的。每天晚饭后，我们一家三口都要顺着小区门口的马路散步，走到大约一公里的地方，有一个露天足球场，我和老公会陪着二宝一起踢球。二宝很喜欢爸妈一起参与的踢球运动，每天玩得都很高兴。慢慢地，他的小身板也越来越强壮。

健康第一是亘古不变的真理。父母陪孩子一起参与体育运动，会让孩子的运动积极性更高。

再者，和孩子一起学习，一起成长。我家二宝喜欢吹葫芦丝，由于年龄小，老师讲的话，他有时听不懂。学了一段时间后，他有了退却的想法。为了让二宝把这个爱好坚持下去，我也交了学费，和他一起学习吹葫芦丝。回到家以后，我再辅导他。慢慢地，他会吹三四首歌曲了，学葫芦丝的热情又回来了。上周学校乐器比赛，他是年龄最小的获奖者。令人欣喜的是，他已经养成每天必吹半小时葫芦丝的习惯。

"双减"落地，孩子的空闲时间多了，这时家长高质量的陪伴对孩子的成长尤为重要。同一个班级里，同样的老师，同样的教育，为什么孩子之间的差距越来越大，主要还是由于家长对孩子付出的心力不同。

　　为了让二宝在成长的道路上更加优秀，我会坚持和二宝一起学习，一起成长！

　　（原载于2021年12月10日《怒江日报》）

父母适当示弱，孩子更加优秀

昨天，幼儿园老师给二宝留的家庭作业是背诵诸葛亮的《诫子书》。平时二宝背诵时，大都是我先读熟，然后再教他，这次也不例外。

等到我读熟后教二宝时，二宝读到那些带有"之乎者也"的拗口的长句短句时，忽然没了学下去的兴趣，苦着脸对我说："妈妈，太难学，我不想学了。"

看到二宝的情绪变化，我开始鼓励他，但是并没有激起他学习的积极性。我思忖片刻，对二宝说："妈妈的记忆力不好，要不等你学会了，你来当妈妈的老师，教妈妈背诵，好不好？"

二宝一听让他当我的老师，兴趣立马就上来了，高兴地对我说："好！妈妈，你赶快教我，等我学会了，我教你。然后咱们比比谁先会背，好不好？"

"好啊。"我巴不得他和我比赛，这样就能更加深他的记忆。这样适当地示弱一下，让他有了成就感，他的学习兴趣立马就上来了。

后来，我又多次教二宝朗读。等到晚上睡觉前，二宝已经能顺利背出《诚子书》全文了，而且他非常有兴趣地反复教我背诵。

记得还有一次，我们一起下楼溜达。我看看门口的垃圾袋，故意做出柔弱的样子对二宝说："妈妈今天既上班又做饭，太累了，你能帮妈妈把垃圾袋扔到楼下的垃圾桶里吗？"

二宝立刻兴奋地说："当然可以了！"说着弯腰拎起了垃圾袋，自豪地对我说，"妈妈，看我厉害吧！"我立刻用夸张的语气对他说："宝宝能帮妈妈干活，当然厉害了！"

也许是那次我对二宝的表扬和肯定，让他获得了成就感和自我价值感，从那以后，我们家的垃圾袋几乎每天都是二宝拎下楼的。

生活中有很多家长总是抱怨孩子太懒，什么都不做，抱怨孩子太笨，什么都不会。究其原因，大都是父母太强势，或者父母对孩子的事情大包大揽，不给孩子动手的机会。

孩子和大人是一样的，经常去做某件事，熟悉了，摸索出经验，自然就会了。比如，有的孩子上小学了，还要家长穿衣服，孩子真的不会穿衣服吗？肯定不是。原因大都是家长看孩子穿衣服动作太慢，没耐心等孩子对这件事从生到熟。

在生活中，任何一件小事对孩子来说都有着非凡的意义。家长如果能在孩子的学习或者生活方面适当示弱，给孩子提供获得成就感的机会，孩子就会获得成长的正能量。孩子会感觉到自己是可以被别人需要的，自己也是可以创造价值的。

（原载于2021年6月1日《綦江日报》）

石臼里的邻里情

　　昨天晚上，在中央电视台的《寻宝》节目里，我看到一位中年男士抱了一个几十斤重的石臼上场。看着那沉甸甸的石臼，我的脑海里立马浮现出童年时农村老家那个黑灰色的石臼。

　　在我的记忆里，我家的石臼长年累月放在家门口，周围的邻居任谁都可以随便使用。

　　在那个物资匮乏的年代，只有城里人才可以买到精细的白盐，农村人都是买那种豆粒大小、有点发黄的盐疙瘩。盐粒大，做饭时不好溶化，咸味不容易出来，大伙就把买来的盐疙瘩放在我家石臼里碾成粉末状再食用。

　　盐是做饭的必需品，所以邻居常常在我家石臼里碾盐疙瘩，其次就是碾芝麻盐、豆渣饼、干粉条、硬馍馍等。邻居在我家石臼里碾盐疙瘩时发生的两件事情，尤其让我印象深刻。

　　那天，邻居王婶做午饭时，忽然发现盐没有了。必须到集镇上才可以买到盐，此时再去集镇买已经来不及。于是，王婶赶紧走向我家门口，看看有没有人在石臼里碾盐疙瘩。赶巧，李奶奶正抡着石臼锤一下一下砸盐疙瘩。

　　"李奶奶，你的盐给我一把。我正做着饭，忽然发现盐没有了。"王婶也不客气，直接张口向李奶奶要盐。李奶奶也不生气，很随意地从石臼里抓了一把盐放进王婶手里，王婶也不说谢谢，拿着盐就赶紧回家了。那种"要"和"给"的动作就像一家人一样随意自然。

　　记得还有一次，那天需要用石臼的邻居有好几位，由于健健妈是先到的，所以她第一个碾。其他几位邻居或蹲或站在我家门口，一边闲聊，一边排队等着。这时，大家忽然听到庄西头有人高喊谁家媳妇喝农药了。那时有些农村妇女遇到不顺心的事想不开就喝农药寻死。

在我家门口排队等候的几位邻居，听到呼救声，赶紧把自己的东西都放到石臼上，然后全部快速跑向庄西头。

邻居们循声跑到庄西头，原来是刘柱的媳妇洪霞喝了农药。大家七手八脚赶紧帮着刘柱把洪霞抬到板车上，又帮着刘柱把洪霞送到镇医院。等邻居们从镇医院赶回到我家门口时，三头小猪和几只鸡正在他们需要碾的食物上吃得津津有味。但是他们想到救了一条人命，自家的食物被猪和鸡吃掉一些也值得，所以他们并没有表现得多么生气，而是合力把猪和鸡撵走，若无其事地把剩下的食物拿回了家。

在我的印象中，那时邻里之间就像一家人一样，有事大家互相帮忙，从来没有人讲条件，考虑帮助别人会得到什么好处，或者担心有什么损失，就是很自然地出手相助。

现在我生活在现代化的城市里，买的是精细碘盐，吃的是碾好的芝麻酱，石臼彻底从生活的舞台上消失了。随着生活节奏不断加快，人与人之间的感情也变得冷漠了。我常常怀念童年时老家那些总是互帮互助的乡邻，那无数个围绕着石臼发生的故事也成了温暖的回忆……

（原载于2021年3月18日《今日庐江》）

古诗词里品青松

　　松树是"岁寒三友"之一，没有牡丹的雍容华贵，没有兰花的清香怡人，也没有水仙的冰肌玉骨，但是它经寒霜而不凋、遇冰雪而不折的凛然气质被世人千古称颂。

　　"瘦石寒梅共结邻，亭亭不改四时春。须知傲雪凌霜质，不是繁华队里身。"清代陆惠心笔下的青松，在万物枯瘦之时，与瘦石、蜡梅为邻，巍然挺立于岩石之上，犹如雪中的勇士，着青衫，云为笠，风为裳，无须繁华的背景，却有永恒的真纯。它傲然远离喧嚣红尘，淡然超离于尘世。

"落落千丈松，昼夜对长风。岁暮霜雪时，寒苦与谁双。"种植仿佛就在昨天，长成已有数年。古拙的青松，宛若饱经风霜的老者，日日夜夜与长风相对，年年岁岁与苦寒相伴，它从不与人说起，只管迎风傲雪挺立在断壁残垣、乱石瓦砾间。

"古人长抱济人心，道上栽松直到今。今日若能增种植，会看百世长青阴。"宋代吴芾的这首《咏松》讲的是古人栽松时都有一颗济世悯人之心。千百年来，郁郁葱葱的松树经年累月伫立在道路旁，给人们遮风挡雨，无怨无悔。

"自小刺头深草里，而今渐觉出蓬蒿。识人不识凌云木，直待凌云始道高。"唐代杜荀鹤笔下的小小松树，凭借自己的力量冲出蓬蒿，多么兴奋。但是，世人并不认识这将来可以高入云端的树木，只有待到它高耸入云时才承认它的伟岸挺拔。其实这首诗也是作者对自己当时的处境的描述。作者虽有旷世奇才、豪情壮志，但是仕途坎坷，最终只能在冷酷的现实中彻底清醒过来，以翰墨谱写流芳千古的华美诗章。

"修条拂层汉，密叶障天浔。凌风知劲节，负雪见贞心。"南朝范云在这首《咏寒松》中用巧妙的语言咏出了松树的气节。"修条"和"密叶"乃青松之形，"劲节"和"贞心"乃寒松之神。松的魅力就在于它迎风傲雪的挺拔，稳若磐石的坚毅。其实这首诗同样隐含着作者的理想人格。

悠悠过往，百代沉浮。渺渺红尘，沧海几度。唯有青松，以挺拔的身姿，高洁的品质，不畏严寒的气节，淡定从容地挺立在天地间。今生，我愿做一棵坚韧不拔的松，以迎风傲雪的姿态顽强地生长。

（原载于2021年1月22日《织金报》）

春日好读书

春风拂面，杨柳依依，各种颜色的花儿争相露出笑脸。春燕在黄绿色的柳枝间嬉戏，风筝在湛蓝的天空飞翔。在这春光无限好的日子里，我最大的喜好就是读书。

我最喜在春阳下读书。春天的阳光透过大树的枝枝杈杈的缝隙洒落在庭院的土地上，斑驳的光影像一只只蝴蝶在飞舞。石桌上放一杯香茗，随手翻开一本书，看"碧玉妆成一树高，万条垂下绿丝绦""春风又绿江南岸"，听"阳鸟吐清音""月出惊山鸟，时鸣春涧中"，闻"春风花草香""一枝红艳露凝香""一朵忽先变，百花皆后香"。在春阳下读书，心生温暖，品味时光静好。

在春雨中读书别有一番惬意的感觉。春雨来临，出门不得。读书品茗，优哉游哉，同样怡然自得。读累时，可以慵懒地斜倚床头，闭目听雨，也可推开门窗看"萧萧春雨密还疏"，望"多少楼台烟雨中"，瞧"客舍青青柳色新"。春雨如烟似雾，缥缥缈缈，撩人魂魄。

在春风中读书更是别有一番韵味。阳春三月，花红柳绿，春风轻轻抚摸着脸庞，呼唤着我走出家门，去公园，去堤坝。择一向阳处，我轻轻翻开一本新书，墨香随即扑鼻而来。此时春阳正暖，书香相伴，看"云想衣裳花想容，春风拂槛露华浓""丹霞映红日""春风大雅能容物，秋水文章不染尘"。在春风中读书可以让人心胸开阔、心旷神怡。

"读书不觉已春深，一寸光阴一寸金。"春日读书，如鱼潜水，如鸟翱翔，悠然自在，无拘无束。春日读书兴味长，休负春日好时光！

（原载于2021年4月19日《牛城晚报》）

一个陌生女人的来信：请摒弃卑微的爱

作家R在四十一岁生日那天收到一个陌生女人的来信。R从信中得知这个陌生女人从十三岁就开始暗恋他，成年后，在他不知情的情况下还为他生过一个孩子。这是享誉全球的奥地利作家茨威格的作品《一个陌生女人的来信》中的片段。高尔基曾评价这部作品"真是一部惊人的杰作"。自发行之初，它就被广泛关注。这部书曾被改编成多种语言的电影和话剧，长盛不衰。

《一个陌生女人的来信》的故事是从一位十三岁的女孩第一次见到风流倜傥、英俊潇洒的作家R开始的。那时她对爱情懵懵懂懂，只知道随时都想看到那位年轻帅气的作家。

年轻的作家R是一个风流成性而又才华横溢的人。他身边莺莺燕燕不断，他从没把那个躲在角落默默深爱着自己的女孩放在眼里，甚至不知道有那么一个女孩存在。女孩为了能看作家一眼，经常在作家住所附近驻足等候。为了能和作家见面，她大学毕业后不惜忤逆父母而去作家居住的城市，当了一名普通的店员。

女孩和作家真正的接触却源于一场误会。当时作家误以为她是一名娼妓，才把她带回自己的住所。三天的缠绵后，女孩怀上了作家的孩子。女孩为了不让作家有心理负担，没有把这件事告诉作家，而是独自度过艰难的孕期后，在一家小诊所里生下了孩子。

为了让孩子过上像他的作家父亲一样优渥的生活，受到良好的教育，当初的邻家女孩，此时的单亲妈妈，不惜牺牲自己的幸福，出卖自己的肉体换取金钱来哺育她和作家的孩子。

　　不幸的是，后来她的孩子染上了要命的流感，她在孩子身边守了四天四夜，最终死神还是带走了孩子的生命，她也不幸被传染。

　　就在女孩感觉自己也将不久于人世的时候，她写下这封凄婉悲凉的信，寄给了她爱了一辈子的男人。而这位作家看完这封信，并没有表现得多心痛，只是脑子里有对这个女孩的模模糊糊的记忆。

　　看完这本书，我的心情是沉重的。书中的两句话狠狠刺痛了我："我心里只有你，虽然你不知道我的存在，可是我依然一如既往爱着你。""我不怪你，我爱的就是你这种热烈而健忘的样子，爱的就是你到处留情，不专注于一人的样子，我爱这样的你。"姑娘，你何必让自己的爱低到尘埃里！你就是让爱低到尘埃里，你朝思暮想的作家也不会看你一眼的！

　　人的一生是短暂的，请先好好爱自己，然后再去爱别人。卑微的爱换不来真挚的情。请摒弃那卑微的爱吧，爱情是两个人的事情，单方面的付出是不会幸福的。张爱玲说："见了他，她变得很低很低，低到尘埃里。但她心里是欢喜的，从尘埃里开出花来。"张爱玲在爱情中也愿意让自己低到尘埃里，但她在胡兰成那里获得了什么呢？他们的爱情只是一地枯萎的玫瑰花。愿所有女人都能找到与自己琴瑟和鸣、举案齐眉的另一半，但首先要做的是，摒弃那卑微的爱！这就是《一个陌生女人的来信》这篇小说告诉我们的。

（原载于2021年8月20日《海华都市报》）

学无迟暮

我今年五十三岁，是一名普通的事业单位职员，业余时间喜欢看书码字。三年多的笔耕不辍，让我在写作上也算小有收获。我已和三家知名小说平台签约出版了四本电子书，一本纸质书正在出版流程中，这五本书总计一百多万字。多篇散文、诗歌在全国各大报刊发表。

我有一个朋友，今年六十岁。她常常对我在写作上取得的成绩艳羡不已，我就鼓励她："你也可以写啊！只要多读多写多思考，说不定你比我写得还要好。"

我每次这样鼓励她，她总是苦着脸说："不行啊，我年纪大了，学不会啊。"

多次鼓励无效，我也不再对她多费口舌。

我在一本书中看到过春秋时期晋国国君晋平公和师旷的一段对话。晋平公问于师旷曰："吾年七十，欲学，恐已暮矣。"师旷曰："何不秉烛乎？"平公曰："安有为人臣而戏其君乎？"师旷曰："盲臣安敢戏君乎？臣闻之，少而好学，如日出之阳；壮而好学，如日中之光；老而好学，如秉烛之明。秉烛之明，孰与昧行乎？"

这段对话的意思是，少年、青年、老年每个阶段学习，都是一道独特的风景线，只要想学习，什么时候都不晚。

清华"学霸奶奶"李路，八十三岁开始学习电脑，学习使用智能手机，学习网购，打破了我们对老年人的固有印象。后来她被阿里巴巴聘请为"产品体验师"，年薪四十万。

山东作家王秀云，少时家贫，未曾入学，二十多岁为人妇，为人母，操持着一大家人的吃喝拉撒。四十三岁时从一个拼音、一个字开始学起，坚持十多年，写出了长、短篇小说十几篇，多篇散文在全国各大报刊发表。五十八岁时顺利加入山东省作协。

美国的摩西奶奶，六十五岁开始学习画画，坚持创作十多年，八十岁时举办个人画展，当时一幅画至少可以卖到五百美元。后来，随着画技的提高，她的一幅作品的售价高达五千美元。

说了国内外一些大家的写作经历，再回到我这无名小作者，我是在四十八岁时正式开始写作的。

以前我偶尔也写一些小文章，但是从来没坚持过一个月。后来，在某一时刻，我突然就想改变这种碌碌无为、做事三分钟热度的生活状态，并且说做就做，毫不犹豫地开启了"日更之旅"。

我是从2017年10月开始"日更"的。三年多的时间里，我居然写了将近两百万字。2020年，我开始学写散文、诗歌，目前已有多篇文章在全国各大报刊发表。

前贤多晚达，莫怕鬓霜侵。只要你有一颗想学习的心，什么时候起步都不会晚。

（原载于2021年9月14日《福建老年报》）

好吃不过青麦仁

青麦仁，也就是灌浆饱满，但还未完全成熟的小麦粒。它又嫩又香甜，承载了我满满的童年回忆。

每年四五月份，正是吃青麦仁的最佳时节。在我的童年记忆中，每天放学以后，我和村里的小伙伴挎着篮子去田野里割猪草，看到路边谁家麦地里的小麦已经颗粒饱满，就随手用力拽下几根麦穗，把麦芒掐掉，放在两只手里来回搓揉。片刻工夫，麦仁和麦衣就脱离开来。

看着玉石一样的麦粒，我和小伙伴来不及想是否干净，就迫不及待地把它送进嘴里，一股清甜的味道立刻在嘴里蔓延开来。现在回想起来，还不自觉地流口水呢。

青麦仁不仅可以生吃，还可以放在稀饭里煮着吃，或者放些配菜炒着吃。

麦仁稀饭是我从小到大一直爱喝的稀饭，做法很简单，把麦仁洗干净，和大米放在一起加水煮，煮大约二十分钟，大米被煮开了花，稀饭看上去黏黏糊糊就可以了，非常爽口。

用麦仁熬稀饭，不仅可以放大米，还可以放些红枣、枸杞，二十分钟左右关火。出锅之前再稍微放点白砂糖，那清清爽爽的甜味真是美极了。

说到炒麦仁，一个地方有一个地方的做法，南方人喜欢用腊肉炒麦仁，而我们北方人爱用火腿炒麦仁。

南方的腊肉炒麦仁我只听说过，没亲自下厨做过，所以不敢随便说。而火腿炒麦仁，由于我平时经常做，所以对这道菜的做法，可以说是轻车熟路。

首先把青麦仁洗干净，然后往锅里放水，把青麦仁放在篦子上蒸熟。在蒸青麦仁的同时，可以切一些火腿肠丁、菜椒丁、胡萝卜丁，菜椒最好用红色的，这样做出来的菜呈现出红、黄、绿相间的颜色，就显得特别鲜艳好看。同时再切几瓣大蒜，少许葱段、姜片备用。

青麦仁蒸好后放在盘子里备用。往炒锅里倒入炒菜油，烧至五成热，把葱段、姜片和蒜片一起放进锅里翻炒。炒出香味后，把火腿丁、胡萝卜丁、菜椒丁一起倒入锅里，继续翻炒两分钟后把青麦仁放进去，再翻炒两分钟，放入盐、胡椒粉、鸡精和少许白糖，进行翻炒。片刻工夫，青麦仁的香味就扑鼻而来，此时就可以关火出锅了。

用青麦仁可以做出很多种美食，它还含有丰富的蛋白质、叶绿素、膳食纤维和α、β两种淀粉酶，具有帮助人体消化、降低血糖的功能，是一种高营养的绿色食品。

随着人们生活水平的提高，一些美食家用青麦仁和鸡、鱼、肉、蛋搭配，又研究出很多种美食。但无论如何搭配，人们主要还是品尝青麦仁的清甜爽口。

"好吃不过青麦仁"这句话在家乡流传了很多年，还

将继续流传下去。它不仅强调了麦仁的香甜，还能勾起我
对远去的岁月的无限怀念！

（原载于2021年6月2日《防城港日报》）

晚来天欲雪，能饮一杯无

昨晚天色阴沉，寒气逼人，老公说天可能在"捂雪"，说不定夜里要下一场大雪。我在厨房做了几盘小菜，老公拿出他新买的电火炉，温上一小壶白酒，我们准备对饮几杯小酒驱驱寒气。

看着电火炉上古色古香的铜质小酒壶，我忽然想起白居易的一首诗《问刘十九》："绿蚁新醅酒，红泥小火炉。晚来天欲雪，能饮一杯无？"

此诗是邀请好友小饮的劝酒词，意思是我家新酿的酒香气扑鼻，用红泥烧制的小火炉已备好，晚上可能要下雪，轻声问友一句，你能否和我共饮一杯呢？

想着这首诗，眼前仿佛出现一个画面：室外暮色苍茫，天气寒冷，室内家酒新酿，炉火已生，主人轻声细语问好友一句"晚来天欲雪，能饮一杯无"。

试想一下，刘十九当时接到这封邀请信时，应该是快马加鞭欣然前往吧。对于刘十九来说，吸引他的不只是新酒、红泥炉这些物质因素，应该还有白居易和他之间深厚的友谊这种动人的精神因素。两位好友围着充满诗意的小火炉，品着自酿的新酒，一室的温暖明亮，好不惬意。

正在我对着炉火出神发呆之时，老公笑吟吟地问一句："傻乎乎的，想什么呢？"

我不自觉地轻声吐出一句"晚来天欲雪，能饮一杯无"。

"当然可以！"老公笑着拿起温热的白酒，给我们俩各斟了一小杯，"老婆，来，走一个！"

小小的瓷酒盅在空中轻轻吻了一下，发出清脆悦耳的声音，似有余音在空中萦绕。此刻寒冷和嘈杂被拒之门外，屋内开着空调，生着火炉，温暖如春，夫妻恩爱和睦，这不就是我一直追求的岁月静好吗？我低头轻啜一口小酒，喝到嘴里，暖在心里。

"丁零零"，兜里的手机突兀地响起视频邀请的声音，把我惊了一下。我急忙收住思绪，掏出手机，好朋友叶子的名字在手机屏幕上闪烁。我轻轻点了绿色按钮，叶子甜美的笑脸立刻出现在屏幕上，背景好像是一家咖啡店，叶子手持一杯咖啡对我说："在家干吗呢？出来啊，能饮一杯无？"原来这句话也能用在喝咖啡上！

我浅笑着举起面前的白瓷小酒盅，笑意盈盈地回叶子一句"能饮一杯无？"我们相视一笑，隔空举杯……

（原载于2020年第12期《北方文学》）

别样风情扣子画

　　我从小就喜欢做手工，剪剪贴贴、勾勾画画一直是我的最爱。我家的墙壁上挂着很多我自己做的手工画——沙子画、布艺画、折纸画、羽毛画等。亲朋好友到我家，无不夸赞我家的装饰画另类又时尚，别有一番韵味。去年我又迷上了扣子画。我家墙壁上既温馨又有艺术感的扣子画，不得不说又是一种别样的家居风情。

　　所谓"扣子画"，通俗地讲，就是用扣子做的手工画。其做法并不复杂：首先在硬纸板上画上自己所构思的各种画面，也就是底图；然后，涂上胶水；接下来，挑选各种颜色的扣子粘贴上去；最后，装在精致的画框里，一幅"扣子画"就做成了。

做扣子画的要点有两个：一是底图要画好。没有一定的绘画基础，画出来的物体比例不协调就不行，不然做出来的成品可能就是"四不像"。二是要选好扣子的颜色。扣子的颜色像市面上的布料一样五花八门，应有尽有，选择扣子时要根据底图的物体选择颜色，要像选择国画颜料一样认真，否则最后可能事倍功半。

我家客厅的墙壁上挂着六幅扣子画。最大的一幅是沙发上方的墙壁上那幅——长一百二十厘米、宽六十厘米的风景画《杨柳青青》。

在这幅扣子画中，随风飘扬的柳枝，我选择用大小不一的翠绿色扣子粘贴，充满沧桑感的树干用的是颜色深浅不一的褐色扣子。同时我用黑白两色扣子粘贴了几只燕子，它们在柳枝缝隙间穿梭，像在嬉闹着捉迷藏。柳树下是各种彩色扣子粘贴的朵朵鲜花，花儿迎着阳光笑弯了眉眼。空中飘浮的朵朵白云用的是大小不一的纯白色扣子，它们好似在笑眯眯地俯瞰着美丽的大地。柳树脚下弯弯曲曲流向远方的小河是用浅蓝色扣子粘贴的，河里还有我用其他颜色扣子粘贴的小鱼小虾，它们似在欢快地游玩，尽情感受着春天的香甜气息。远处的山脉用的是灰色和墨绿色的扣子粘贴的，给人无尽的遐思。这幅栩栩如生的手工扣子画，让人不由得想起恬静安逸的世外桃源。

我家书房和卧室的墙壁上也悬挂着好几幅我亲自做的扣子画，有《岁月如歌》《秋》《浪漫夏日》《跳芭蕾舞的女孩》等，既装饰了家居环境，又给家人以美的视觉享受。

用扣子做手工粘贴画，经济实惠，构思奇巧，画面生动，立体感强，既练审美又添乐趣，还能给家带来温馨的感觉，真是一举多得！

（原载于2021年1月13日《甘肃日报》）

读书改变了我的生活

从1991年至2017年，也就是从我参加工作到我认真写作之间这二十六年里，可以说我没有认真地读完一本书，平时大都走马观花地翻看一些无聊的杂志，偶尔也会跳着蹦着翻看一本"狗血"故事情节的小说。故事情节追完了就完了，从来没有认真考虑过从故事中吸取一点有价值的东西，运用到实际生活中。

2017年初，机缘巧合，我从一线工作岗位调到办公室工作，空闲时间比在一线时多了一些。我是个闲不住的人，就想找点事情打发这些空闲时间。思前想后，我决定做我感兴趣，而且不影响工作的事情，那就是写作。

想写作，必须读书。写作是输出，读书就是输入。常说巧妇难为无米之炊，读的书就是那米，没有米就做不出饭。也就是说，不读书是写不出好文章的。

就是从那时开始，我把以前走马观花的不良读书方式戒掉，开始认认真真地读每一本书。在读书方面，我不像有的人很看重数量，计算一年读了多少本书，以数字之多为傲。我读书很慢，遇到特别感兴趣的书，可以反反复复读好几遍。反复咀嚼书中每段话的含义，甚至是每个字的含义。正是这种细嚼慢咽式的读书方式，让我在读书中收获了很多意想不到的惊喜。

首先，读书让我的家庭更加和睦，更加幸福。在没有认真阅读大量的书之前，我和爱人经常会为一些鸡毛蒜皮的事争吵。后来因为我读了一些经营婚姻方面的书，我的心胸慢慢变得开阔，逐渐学会了包容理解爱人。遇到意见不同的问题，我不再固执己见，而是以商量的口吻和爱人讨论事情。情绪不好时，眼看又要来一场暴风雨似的争吵，我知道了及时转移自己的注意力来控制自己的情绪，从而避免了一场场家庭战争。是读书让我的性格变得越来越温和，是读书让我的家庭越来越温馨幸福。

其次，读书让我在写作之路上越走越远。我在做好本职工作的前提下，认真地读书、思考，不断地汲取书中的精华，运用到写作中，我的写作之路越走越远。四年里，我利用业余时间笔耕不辍，和国内几家知名网站签约了四部长篇小说，同时有多篇文章在全国各大报刊发表。现在，我每月靠写作获得的经济收入在两千元以上。这些钱虽然不多，但是对于我这个每月拿三千多元工资的普通职员来说，已经是很不错的收入了。

追根溯源，正是由于读书，我才有了这些精神和物质上的收获，有了小小的成就感。正是这些小小的成就感使我在处理夫妻关系上更加理性，在阅读和写作上像一只勤劳的小蜜蜂一样乐此不疲地忙碌。是读书让我的生活更加充实，提高了我的生活质量。是读书改变了我的生活，让我遇到了更好的自己。

（原载于2021年7月27日《河南科技报》）

暮年兄弟姐妹情

今天我被一段视频感动得泪眼婆娑。视频中，一位九十六岁的白发奶奶给坐在车里的一百零一岁的哥哥二百块钱。耄耋之年的老兄妹俩，未语泪先流。白发奶奶一边拿着二百块钱递给哥哥，一边说："买点好吃的。"说着，她已经泪流满面。哥哥也流着泪推辞，不要妹妹的钱，但是妹妹还是执意把二百块钱塞到哥哥怀里，又抹抹眼泪。

看着视频中两位泪水涟涟的暮年兄妹，我的眼泪也止不住流了下来。我想起了我的母亲和舅舅。

在我的记忆中，母亲六十岁之前，舅舅去我家，母亲总是笑盈盈地招待他，给他递烟抽，有时也拿出一些我们给她买的零食给舅舅吃。舅舅总是笑盈盈地接受姐姐的暖心招待，仿佛他还是那年少的弟弟，姐姐还是那照顾他的未出阁的姐姐。

不知什么时候开始，母亲和舅舅的头发由墨黑变成了花白，也不知从什么时候开始，他们的花白头发又变得像白雪一样。同时一向手脚利索的母亲和舅舅，走路也变得有些踉跄，后来不得不依靠拐杖走路。

不知从什么开始，舅舅再去我们家，母亲见到舅舅，不再是笑盈盈的模样，而是在看到舅舅的瞬间，眼圈立刻就红了。等舅舅走近她，浑浊的眼泪已经像断线的珠子一样顺着她的脸颊流下来，此时，舅舅也跟着母亲一起流泪。

我曾见过几次，舅舅离开我家时，母亲像视频中那位白发奶奶一样掏二百块钱给我舅舅，舅舅也像视频中坐在车里的那位哥哥一样不要我母亲的钱。但是我母亲总是用力把钱塞进我舅舅的口袋里，说着和视频中白发奶奶意思一样的话："自己想吃啥就买点啥。"

我们经常在一些文学作品中看到这样的话：漫漫人生路，你一定要珍惜和你相伴一生、白头偕老的爱人。其实，和你偕老的不应该只有爱人，还应该有一直关心你，和你相处时间最长，和你有着相同血脉的兄弟姐妹。

他们知道你的乳名，知道你小时候的很多趣事。在别人欺负你时，他们会挺身而出保护你；当你走出原来的大家庭，组成自己的小家时，他们会像父母一样，心里有很多不舍，但又默默祝福。

他们和你因忙于事业和各自的小家庭，平时很少见面，甚至没有消息，但是心里时时牵挂着对方，只要你有个风吹草动，他们会立刻赶去你身边嘘寒问暖。

不记得在哪里看到过这样一段话：距离远了，心却不远；电话少了，爱却不少；分离久了，想念多了。这段话应该是对兄弟姐妹情深的最好诠释吧。

愿大家在珍惜父子情、母子情、夫妻情时，别忽略了珍贵的兄弟姐妹情。

（原载于2021年9月10日《陕西党政报》、2022年4月23日《天津工人报》）

三代人的交通工具

我父亲生于二十世纪三十年代末。在那个物资匮乏的年代,能有口饭填饱肚子算奢侈了。我们家世代行医,我父亲从小就跟着我爷爷走街串巷地出诊。

父亲曾经告诉我,那时候他和我爷爷大都是靠两条腿走路,偶尔遇到条件好的病人,对方就用牛车将我爷爷和他接到家里,这算是最好的待遇了。

那时不像现在有平坦的水泥路、柏油路,都是泥巴路,每每大雨大雪过后,路面坑坑洼洼,泥巴黏住车轮,车子动不了是常有的事情。我爷爷和我父亲就要下车帮着病人家属推牛车。特别是遇到有沟有坑的地方，他们往往累得满头大汗才能把牛车推出来。

随着时代的发展，社会的进步，人们的收入水平越来越高。在我的童年记忆中，二十世纪七十年代，我父亲买了一辆凤凰牌二八自行车。在那个经济还不富裕的时代，哪家能买得起自行车是很自豪的事情。记得那时偶尔还有同村的小伙子借我父亲的自行车去相亲。

父亲经常让我坐在自行车前杠上，载着我去赶集。现在我的脑海里还经常出现我坐在自行车前杠上美滋滋的样子。

八十年代末，我考取了我们当地一所非常有名的全日制师范学校。父亲为了方便我每周末回家，给我买了一辆红色弯杠女士自行车。那时候，弯杠女士自行车是非常时髦的交通工具。每到周末，我骑着那辆弯杠自行车回到家时，我们村的小孩子都围过来观看，眼里是满满的艳羡。

等到我即将走向工作岗位的时候，也就是1991年秋季，父亲又给我买了一辆当时非常时尚的木兰牌小型摩托车。当时，能买得起摩托车的人家算是条件特别好了。所以后来我上班时，每次骑着父亲给我买的摩托车，心里就会不由自主地升起一种自豪感。

我在上班五年后为人妻、为人母。二十一世纪初，上班之余我到驾校报了名，开始学习驾驶小轿车。2010年7月，我成了我们单位第一个开车去上班的人，又引来一片艳羡的目光。

前几年，我儿子从部队转业回来参加工作，上班第一天，他是开着一辆别克牌轿车去的。

歌曲《国家》中有这样一句歌词："家是最小国，国是千万家。"看到父亲、我、儿子这三代人的交通工具的变化，也就看到了一个家庭的经济收入的不断提高。特别是改革开放以来，我们家的经济收入更是突飞猛进。这一切都要感谢国家的好政策，感谢祖国的强大。

（原载于2021年5月21日《乌鲁木齐晚报》）

我们村的老年模特

昨天上午，我开车回乡下父母家。走到村口时，看到路边一块空地上里三层、外三层围了好多人，似乎在看什么稀奇古怪的事情。由于车窗没关，我还能不时听到人群里爆发出阵阵笑声。

我把车停在路边，扭头往人多的地方看去。由于人太多，我根本看不见人群里面究竟发生了什么事。我正要驱车离开，父亲突然从人群里挤出来。他看到我坐在车里，急忙向我走去，我也急忙下车。

"爸，那边那么热闹，是干什么的？"我绕过车头走到父亲身边问。

"走，我带你去看看就知道了。好玩着呢！"父亲没有直接回答我的问题。

我怀着好奇心，和父亲一起走向人群。走到人群边，我踮起脚尖，伸长脖子，从两个人之间的空隙处向人群里面望去。我看到八十多岁的杨东福爷爷一只手里托着一个黄皮圆形小南瓜，核桃皮似的脸上洋溢着浅浅的笑意，他目视前方，直直地向前走着，走到一个点，还慢慢转了一圈。他转圈的同时，人群里又爆发出一阵笑声。看架势像"走秀"！难道村里来拍电视节目的了？我心里充满疑问。

"爸，这是在拍电视节目吗？"我忍不住问父亲。

"不是拍电视节目，是咱们村的浩宇在拍视频。听说浩宇把拍到的视频放到网上，全国人民都能看到，不仅浩宇能挣到钱，咱们村里的土特产也能卖出去。"爸爸刚说完，人群里又爆发出一阵大笑声，我急忙又踮起脚尖伸头往人群里望去。原来是一头白发、瘪着嘴、弓着腰的九十岁的夏奶奶，她一手拄着拐杖，一手拿着一把一尺多长的青豆角，迈着小脚颤颤巍巍走向了镜头，在一个固定的地点像杨东福爷爷一样慢慢转了一圈。

父亲发现我站在人群外面看里面的表演很吃力，就领着我绕过人群，走到表演队的侧面。在这个位置只能看到模特的侧面，所以人就比较少。

我站在父亲身边饶有兴趣地看起村里老年人拿着各种农产品"走秀"。看到李爷爷抱着一个像孩子一样大的南瓜笑眯眯、颤巍巍地走出来时，我也忍不住大笑。

大概过了半个小时，一位年轻的女孩走到场地中间，招呼参加拍视频的大爷大妈搬着自家有些年头的小木板凳，坐成两排。她像老师一样做了几个抬胳膊挽花的动作，让爷爷奶奶大爷大妈一起跟着她学习。大爷大妈枯枝一样的手伸出来，在空中胡乱抓几下，又引来围观的人的阵阵笑声。

如今农村的年轻人很多都外出打工，家里留守的大都是老人和孩子。孩子可以去学校丰富自己的童年生活，而老年人却没有地方可以丰富他们的晚年生活。互联网虽然已经快速普及，但是农村很多老年人对于智能手机的使用还比较生疏。我觉得像这样拍短视频，或者让老年人当"主播"，也不失为丰富农村老人生活的一种极佳方式。

（原载于2021年8月3日《织金报》）

最美的爱情

每天晚上我带着二宝去体育场玩球，走在路上，总能迎面遇到一对八十岁左右、手牵手散步的白发老人。他们悠闲地走着，两个人脸上总是带着温和的笑容。每次和他们擦肩而过的瞬间，我总能听到他们低声交谈着。那位爷爷可能有点耳背，他每次听奶奶说话，总是把头歪向奶奶，那种温馨的感觉真是让人羡慕至极。

愿得一心人，白首不分离。不羡慕街头激情相拥的男女，只愿在夕阳西下时牵着老伴的手悠闲地散步，这就是爱情老去时最美的模样吧。

记得有一次在生态公园，距离公园入口不远处的花坛前面，我看到一位满头白发的老爷爷给坐在轮椅上的老伴拍照。老爷爷脸上始终漾着笑意，为了把老伴拍得漂亮些，他给老伴换了至少十条不同颜色的纱巾。坐在轮椅上的奶奶一脸幸福甜美的微笑。老爷爷每次把镜头对准老伴，都让老伴笑一笑，老伴也总是很配合地温柔地勾起嘴角，露出一个甜美的笑容。当时这对老夫妻周围很多游客都停下脚步看着他们，也许和我一样，也是被这温馨的画面所感动吧。

爱情最美的模样，不是海誓山盟，不是激情拥抱，而是有一天你老了，走不动了，我依然把你当作我手心里的宝，给你拍美美的照片。

近日，在网上看到一段感人的视频。视频中，一位黑龙江的八十七岁的老爷爷患了阿尔兹海默症，很多人和事都忘记了。老爷爷虽然失忆了，令人意外的是他唯独没有忘记老伴。只要老伴在他身边，他就拉住老伴的手像年轻时谈恋爱一样，跟老伴说些甜言蜜语，每天还不忘一句认真的表白；"跟我过日子，行不行？"老奶奶也很可爱，总是在听到老爷爷的表白后，"害羞"地轻轻拍打老爷爷一下，笑着说："一边去。"

我可以忘了全世界，唯独忘不了你。

钱钟书曾说过，他遇到杨绛之前，从没想过结婚；遇到杨绛之后，从没想过和别人结婚。

木心曾在《从前慢》中写道："从前的日色变得很慢，车、马、邮件都慢，一生只够爱一个人。"

最美的爱情是从年轻到白首不离不弃的真诚陪伴。愿有一天我年迈时，也能拥有这最温暖的陪伴。

（原载于2021年7月23日《沧州晚报》）

一件红棉袄

中午十二点，五十多岁的农民工王贵福灰头土脸地从工地走向不远处的小吃铺。途经一家服装店时，店门口塑料模特身上的一件红棉袄像冬天里的一团火，一下子就闯入他的视线。

王贵福放慢脚步，甚至有点胆怯地走到那装修考究的服装店门口，畏畏缩缩地站在那身着红棉袄的模特面前，想着自己的孙女娜娜穿上这件红棉袄一定很好看。

王贵福抬起手，试图摸摸那红棉袄，可是手抬到半空又尴尬地放下了。他看看自己粗糙还沾着泥土的大手，真担心把那么好看的棉袄弄脏了。他也担心服装店的老板看到他脏兮兮的样子呵斥他。

王贵福后退几步又看看那红得似火的棉袄，心里非常想买下，不由自主地想出孙女娜娜穿上红棉袄时可爱漂亮的小模样。想到孙女娜娜，王贵福的脸上不由得露出了些许笑意。

王贵福的笑意只在脸上停留了片刻，因为他想到老板还没有发这个月的工钱，此时他兜里的钱只够这个月吃饭。平时的工钱，他都按月如数转给了在老家带孙子孙女的老伴。

王贵福太喜欢那件红棉袄了！他多么希望老板能给他留下这件棉袄。他甚至想冲进服装店对老板保证，等拿到工钱，他一定会把这件红棉袄买走。可是，他扭头看看装修精致的服装店，再看看自己一身脏兮兮的样子，那种低城里人一等的自卑心理，终于让他的脚步又停了下来。

站在服装店门口不甘心就此离开的王贵福，最终从兜里掏出儿子过时的旧手机，小心翼翼地对着那件红棉袄认真地拍了几张照片，才恋恋不舍地离开。

一日，王贵福又在那服装店隔壁的小吃铺里吃面条。忽然，一位二十岁左右的姑娘拎着一个鼓鼓囊囊的服装袋走到王贵福跟前。

"大爷，前几天我在店里看到您在外边一直瞅这件红棉袄。看到您的瞬间，我就想起我在外打工的爸爸，你们年岁差不多，在外打工都不容易。我想着您在那件红棉袄跟前瞅了很久，肯定是想买，而兜里又没钱，我能理解您的难处。现在我就把这件红棉袄送给您了！"年轻的服装店老板笑意盈盈地对王贵福说道。

正在吃饭的王贵福看到服装店老板突然给他送来了那件他特别想买的红棉袄，既意外又惊喜，立刻不好意思地挠挠头说："那多不好意思，等过几天我拿到工钱，一定给你送过去。"

"大爷，我说送你，就一定不收你的钱！"没等王贵福再说些感谢的话，服装店老板已经转身匆匆离开了。

冬天很冷，人心很暖……

（原载于2021年4月29日《海华都市报》）

感恩的另一种形式

我在福利院工作。为了让福利院的孩子享受到来自父母的爱,我们福利院从十年前开始,就把部分孤残儿童寄养在福利院周围一些居民家中。我们称之为"爱心家庭"。我们福利院会有职工不定期去寄养家庭看望孩子。

前一段时间,我去一户寄养家庭走访,那家寄养了福利院的两个孩子,一个女孩,一个男孩,都有点智障。

这两个孩子中,女孩是我二十年前刚到福利院工作时教过的学生,名叫明明。我记得我教她时,她大概有七八岁,我到福利院工作两年后,她就被送到爱心家庭寄养,从此我就没见过她（当时福利院里有专门负责家庭寄养工作的职工）。

一晃二十多年过去了。有一段时间，我负责家庭寄养工作，领导安排我去几个寄养家庭看看孩子们，顺便给孩子送些零食和衣服。

那天早上八点多钟，我开车来到距离我们福利院稍远的一个爱心家庭。我刚把车停到那家大门口，"爱心妈妈"就看到了我，急忙笑着迎上来。我们拎着给孩子带的零食和衣服往她家院子里走。当时我想着二十多年过去了，明明肯定认不得我了。

让我没想到的是，刚走进大门，二十多年没见的明明看到我，立刻笑眯眯地走到我面前，口齿不清地叫道："老师（xi），老师（xi）。"我一下子被感动得眼圈红了！我立刻抱住了她，她仍然笑眯眯地一遍遍说着"老师（xi），老师（xi）"。

我把带来的零食和衣服给她，她接过去以后，又笑眯眯地对我说："老师（xi），太阳。"我当时不明白她在说什么，就问她："什么太阳？"

她手里拎着东西，走到墙边，拍拍墙说："老师（xi），太阳。"

噢！我忽然想起来了，她说的是我曾经教她画过太阳。我还记得当时为了让孩子们有一种成就感，我还把孩子们画的画都贴在墙上，让他们每天都能看到自己的画作。最终我明白了她的话，她说的是我曾经教她画太阳，然后又贴到了墙上。

我实在不明白，这孩子智力发育不好，吃饭不知饥饱，上厕所不知道背着人，为啥把我记这么清楚呢？我带着疑问随意问了"爱心妈妈"一句。

"这还用问吗，那是因为你对她好啊，所以她记住你了。你别看这孩子智力有问题，谁对她好，她会永远记在心里的。"她笑着说。

曾在一本书里看到过这样一句话："万物皆有裂痕，那是光照进来的地方。"世上还有很多像明明一样的孤残儿童，虽然他们记不得一些社会法则和道德规范，但是他们永远记得别人对自己的爱，这何尝不是感恩的另一种表现形式呢？

（原载于2021年9月2日《铜陵日报》）

感谢师恩

前两天看到一则暖心的视频：一位夜跑女孩途经自己的小学时，首先表情肃穆郑重地举起右手，向夜色下的小学敬个队礼，然后深深地鞠了一躬，感谢师恩，感谢母校！短短不到一分钟的视频感动了无数网友。

看着视频，我想起了我的小学数学老师吴秋萍。

二十世纪七十年代，吴秋萍老师是第一个到我们集颜小学教书的城里人，二十多岁，师范学校毕业，留着很有青春活力的运动头，性格活泼，爱笑。她从来没有城里人的高傲，而是像邻家姐姐一样和学生们友好相处。

　　下课时，吴秋萍老师经常和我们这群乡下孩子一起做游戏，特别是那个老鹰捉小鸡的游戏，我们百做不厌。做游戏时，吴秋萍老师扮鸡妈妈，一群小同学躲在她身后扮小鸡，一位同学扮老鹰。游戏开始了，吴老师的笑声混合着我们的笑声飘荡在校园的上空，经常引得其他班的学生和老师笑眯眯地驻足观望。

　　吴秋萍老师激励同学们学习的方法也很独特，深受同学们喜爱。

　　为了让学生认真完成作业，她每次批改作业时，不是把作业等级写在作业本里面，而是写在作业本封皮上。我记得那时作业有甲、乙、丙、丁四个等级，有的同学写得既正确又干净，她会在"甲"的右下角再写一个"好"字。她还说哪位同学得到十个"甲好"，她就会奖励哪位同学她从城里买来的桃酥。

　　那时农村的孩子根本就不知道啥是桃酥，吴秋萍老师自己掏钱买了半塑料袋桃酥让同学们都尝尝。好在那时我们班就十几个孩子，每人都能吃到半块。现在想起来，那种香甜的味道还回味无穷。

桃酥的美味还有作业本封皮上的表扬，激励着我们这群农村娃使劲学习。作业比以前工整了，上课也不东张西望了。上课时我们都直勾勾地盯着吴青萍老师，唯恐错过她的精彩讲解。就连我这个偏科严重、最讨厌上数学课的娃，也喜欢上了数学课。

时光荏苒，岁月如梭，转眼间，四十多年过去了，每每看到那些青春洋溢的年轻女教师，我都不由自主地想起我的小学数学老师吴秋萍。如果没有她独特的激励方法，也许我这个偏科的学生后来就考不上心仪的师范学校了。感谢师恩，感谢吴秋萍老师！

（原载于2021年9月17日《河南科技报》）

难忘的"特教"岁月

1995年7月，由于工作需要，我从我们市一家国有企业幼儿园调到了福利院当了一名"特教"老师。

当我第一次看到教室里那些孩子时，心里一阵阵紧张。特别是当一个脸上有些红疙瘩的智障女孩为了表示对我的热情，高兴地来拉我的手时，我吓得后退了好几步。而她却丝毫感觉不到我的恐惧，自己也感觉不到尴尬，依然笑嘻嘻地拉我的衣服。其他几个智障的孩子可能看到我恐惧紧张的模样觉得很可笑，一起大笑起来。

说实在的，当时我不想让那个女孩拉我，一是担心她精神有问题，会攻击我，二是当时年轻的我对这个孩子有些许嫌弃，但是她不懂我的心思，仍然固执地非拉住我不可。

就在那女孩拉我，我后退时，我的脑海里出现了我来上班之前，福利院的老领导跟我说的话："福利院的孩子都是父母遗弃的孤儿，他们大都有些残疾，有的是身体上，有的是智力上。他们都很可怜。希望你能像妈妈一样疼爱他们，教育他们。"我当时就向老领导保证："院长，你放心吧，我一定会把他们当我的孩子一样疼爱。"

想到这里，我的心一下就软了。我怯怯地伸出手，那女孩像抓住一件稀世珍宝一样快速抓住我，拽着我走到教室内的一架脚踏风琴前面，拍拍脚踏风琴前面的板凳，口齿不清地说"老师（xi），坐。"我赶紧笑着说："谢谢你啊！"她听到我的话，笑着跑回到座位上。

后来我给他们上绘画课，他们都是第一次拿笔，根本不知道怎么画，于是我就一一抓住每个孩子的手，手把手教他们。其中有一位患唐氏综合征的六七岁的女孩子，我抓住她的手教她画画时，她竟然低下头把脸在我手上蹭了蹭，然后笑眯眯地看着我，她那种眉眼含笑、嘴角上扬的甜美表情，二十多年过去了，至今还留在我的记忆里。

一个星期后，我和我的几个学生已经非常熟悉了。我教他们唱简单的儿歌，教他们画简笔画，带他们玩滑滑梯。我们一起玩，一起笑，没有任何隔阂地相处，那几个孩子的脸上总是挂着开心的笑。

每当我下班回家时，他们就簇拥着我，把我送到大门口，然后口齿不清地把手举得高高地跟我说再见。有时我走了很远，还能听到患唐氏综合征的八岁的毛毛在大门内用力喊着"老师（xi），拜拜！"每天早晨，我去上班时，他们又早早在大门口等候，远远看到我，又参差不齐地高声喊着"老师（xi）好！"

如今，二十多年过去了，我已调到办公室工作多年，离开了一线"特教"岗位，但是那一段和孤残儿童相处的美好时光永远留在我的记忆里。每每想起，我心里总是弥漫着温暖。那段"特教"岁月成了我终生难忘的美好记忆。

（原载于2021年9月11日《芮城信息》）

信仰的力量

最近被一段小视频感动得泪眼婆娑。

视频中一位牧民大叔帮一位自驾的游客推车，事后游客拿出一些钱递给牧民大叔，以示感谢。令人感动的一幕立刻出现了！牧民大叔首先是一脸惊诧地拒绝收钱，然后非常自豪地拉开外衣，露出胸前耀眼的党徽，满脸笑容，自豪地向对方展示：我是共产党员！我就是为人民服务的！我不收钱！

那一刻，党的光辉在牧民大叔胸前闪耀，信仰在人们的胸中坚定。

信仰有力量，国家有希望！牧民大叔好样的！

看着视频中感人的一幕，我又想到四十年如一日经年累月来我们福利院给大家免费理发的老党员孙玉安。

老党员孙玉安今年八十多岁了，他从二十世纪六十年代开始，每年都多次去福利院免费给大家理发。那时交通还不发达，去福利院只能走一条土路。每到下雨天，整条路都泥泞不堪。

那个年代，大部分人都很穷，孙玉安这样开理发铺的小老板连胶鞋也买不起。平时他在理发铺里都是穿妻子一针一线用旧布做的手工布鞋。为了不把布鞋弄脏，每到下雨天，他去福利院，就换上那种木头底、草鞋帮的草鞋，我们叫那种草鞋"木吉子"。

下雨天，他走路去福利院时，每只"木吉子"沾的泥巴都有二三斤重。每走一步，两只脚上就像绑着两个沙袋。但是他并没有因为走路不便而减少去福利院的次数，坚持每个月都去福利院一次。下雨天他拖着两只沉重的"木吉子"艰难地走到福利院，但是他从来没有喊过累，到福利院后，从来没说过先休息一下再干活，而是立刻拿出理发工具，开始给大家理发。

后来，这条土路变成了砖渣路，又变成了柏油路。孙玉安开始骑着一辆破旧的自行车去福利院。有一次，他骑着自行车去我们福利院，走到半道时，自行车链子突然断了。他开始推着自行车走，后来感觉推着自行车走得慢，干脆把自行车放在肩膀上扛着去了福利院。等他扛着自行车走到福利院时，汗水已经把他的上衣全部浸透，当时已是秋天了。他用冷水匆匆洗把脸，顾不得休息一下，就动手给大家理起发来。

多年来，孙玉安无怨无悔地免费为福利院的人理发，多次有人问他："你每月辛辛苦苦跑那么远来给福利院的人理发，不收一分钱，图啥呢？"

孙玉安总是笑着说："我是一名共产党员，共产党员的天职就是为人民服务。我小时候家里穷，吃不饱，穿不暖，经常忍饥挨冻，是共产党让我过上了好日子，所以我要感谢共产党。现在我也是一名共产党员，我要用我微薄的力量回报社会，以此报答共产党的恩情。你问我图啥，我图的就是通过回报社会来报答共产党的恩情。"

我相信，在中国广袤的大地上像牧民大叔、孙玉安这样不图名不图利的共产党员还有很多很多。他们都有根植于心的善良，他们都有融进血液的自信，他们都有刻进骨子里的敞亮！这就是信仰的力量！在新的历史时期，我们更要坚定这种信仰，不忘初心，牢记使命，为中国梦的实现贡献出自己的力量。

（原载于2022年1月14日《重庆法制报》）

养仙人掌的启示

　　一日上班途中，偶遇一卖花大婶。我一眼就看中了她的三轮车上的一盆盛开着一朵黄花和一朵红花的仙人掌。我平时不太会养花，卖花大婶说："你买仙人掌就对了，它最好养。不用经常浇水，对温度也不挑剔，你只要把它放那儿就行。"

　　我把买来的仙人掌放在办公桌上，每次上班打开门，那盆仙人掌顶部的红花和黄花就像两只美丽的蝴蝶吸引着我的目光，心情不自觉地就愉悦起来。

　　卖花大婶说仙人掌不用经常浇水，我的理解是可以浇，不要浇得太频繁就行。究竟多久浇一次水合适呢？我不得而知。

那盆仙人掌在我的办公桌上落户两个多月时，我实在看不下去仙人掌根部硬邦邦的花土，担心长时间不浇水，它会焦渴，会难受。于是，我犹豫再三，试着给它浇了半杯水。眼看着半杯水浇入仙人掌下面的土里，立马不见了踪影，可见这土多么干燥。我善心大发，又连续浇了两杯水。心想这下仙人掌的水分充足，它应该比以前长得更茁壮吧。我仿佛看到仙人掌顶端的两朵美丽的小花正笑眯眯地感谢我。

自从我给那盆仙人掌浇过水之后，每天我到办公室，第一件事就是观察一下仙人掌有什么变化，是不是又长高了，是不是要开第三朵花呢？

让我猝不及防的事情发生了。一个星期后，我既没看到仙人掌长高，也没看到仙人掌开第三朵花，却看到它原本绿色的根部有变黄的迹象。

当时我心里"咯噔"一下，不会是我好心办坏事，把仙人掌浇死了吧？我原本是担心它长时间不喝水会难受，现在却事与愿违，不仅没把它浇茁壮，反而把它浇死了！我懊悔不已，但还是心存侥幸，想着过几天它可能就会茁壮成长了，可那盆仙人掌却从根部彻底腐烂，最终死了。

从养仙人掌这件事，我联想到养孩子。我们养孩子时，有时想当然地认为孩子吃不了苦，受不了罪，于是对孩子百般疼爱，不让他们经历一点挫折、一点风雨，认为这就是对孩子的疼爱，孩子就会幸福。殊不知，溺爱反而害了孩子，孩子经不起生活的任何磨难，最终在走向社会时遇到很多挑战，却难以应付。有些被溺爱的孩子，还会走上不归路。等父母发现"溺子等于害子"时，为时晚矣。

（2020年收录于全国青年作家优秀作品选《岁月之歌》）

人民不会忘记你们

——观《长津湖》有感

昨天下午，单位组织全体职工去看热播电影《长津湖》。在观看过程中，我多次被影片中的志愿军战士感动得泪眼婆娑。

我感动于伟人的宽广胸怀。长津湖战役中，毛泽东主席的大儿子毛岸英主动要求和彭德怀总司令一起上前线。彭德怀总司令考虑毛主席需要毛岸英照顾，拒绝了他的请求。毛岸英说："中国几十万老百姓的孩子，一道命令就上了战场，我毛岸英有什么理由不可以？"最终毛泽东主席同意了儿子跟随彭德怀司令去前线。令人心痛的是，在敌机轰炸我方阵地时，毛岸英壮烈牺牲！

我感动于平凡人的伟大。伍百里、伍千里、伍万里兄弟三人是农民的孩子，他们为了保家卫国，小小年纪就离开父母，毅然决然地走向抗美援朝战场。激烈的战斗中，火光冲天，尸骨遍野，稍不留神就会血肉横飞，但是他们不怕。他们信念坚定，一定要保护好家园，一定要保卫国家的领土完整！他们在子弹中穿行，在冰天雪地里坚守，在黑夜里匍匐前进。他们用钢铁般的意志最终战胜了兵器比他们强百倍千倍的美国兵。

我感动于战士们钢铁般的意志。在一次战斗中，气温下降到零下四十摄氏度左右。我们的志愿军战士不仅衣着单薄，而且每天只能吃一个冻得硬邦邦的黑土豆充饥，而美军却吃着鸡鸭鱼肉，穿着厚厚的棉服，真是天壤之别！但是我们的战士并没有因为条件的艰苦而意志动摇，他们以坚定的保家卫国的信念，坚守在冰天雪地里，直至把美国兵打得节节败退，最终撤离朝鲜。

我感动于志愿军舍生忘死的高尚情操。在一次战斗中，美军在我军阵地投了一颗冒着浓烟的标识弹。雷老爹为了保护战士们的生命，不顾自己的生命危险，开着吉普车在枪林弹雨中把标识弹拉出阵地，最终牺牲在朝鲜战场上。

我感动于志愿军的不屈意志。在美军被打得节节败退时，一位美国高官看到不远处的山头上趴着很多中国士兵。他和士兵冲到那些中国士兵面前才发现，那些端着枪匍匐在山头上的士兵已经被冻成了冰雕。他被中国士兵不屈的战斗意志所感动，庄严地向那些冰雕一样的士兵行了一个军礼。

我感动于影片中的一句台词："希望下一代能够生活在一个没有硝烟的年代。"如今，那些抗美援朝志愿军的心愿已经实现。

观看着影片，我想到了我们今天的幸福生活多么来之不易，所以我们要永远记住那些为此牺牲的千千万万的志愿军战士。我们要铭记历史，砥砺前行，从小事做起，从珍惜现在的好日子做起，从平凡的工作做起，为祖国的繁荣昌盛尽自己最大的努力。

（原载于2021年11月10日《界首时讯》）

有些爱，微信说

前几日，我和老公因一件小事吵了一架，接下来冷战一天，谁也不搭理谁。

事后冷静下来，究其原因，是我不识时务地说了几句不该说的话，才引发了舌战。如果追根溯源，我就是挑起事端的始作俑者。

我知道自己错了，但是又拉不下脸面主动和老公认错，怎么办呢？我开始思索停止冷战的办法。此时，我想到了用微信给老公道歉，这样既保住了我的面子，避免了当面道歉的尴尬，又解决了矛盾，岂不是很好？

　　于是我在微信上认真编辑了几句诚恳道歉的话："老公，对不起，前天我不该说那些话刺激你，以后我不会再那样做了。你大人有大量，原谅我，好不好？"

　　没想到我刚发出微信，老公几乎是"秒回"："知错就改，还是好同志。哈哈，老婆，没事了。晚上想吃什么，下班我去给你买！"老公像我们之间从没发生过什么不愉快的事情一样坦然给我回微信，从字里行间，我感觉到老公的心情是愉悦的。

　　"我，我想吃大唐醉鸭。"既然老公不再计较我的过错，我也来个就坡下驴，高兴地回了话。

　　"好嘞！为夫记下了！"老公还调侃一句。

　　晚上老公下班果真买了我特别喜欢吃的大唐醉鸭。吃饭的时候，老公没有再提我们前天发生的不愉快的事，我当然更不愿提及，一顿饭吃得那叫一个温馨祥和。

　　饭后，本来很少洗碗的老公却走进厨房开始洗洗涮涮。我诧异地问他为什么这么勤快。他说："每次我们吵嘴，无论谁对谁错，你总是占上风。这次你能主动给我发微信道歉，我感觉在夫妻关系中，你有所醒悟，知道考虑我的感受了。所以，你已经在进步，我也不能落后啊！嘿嘿。"

看着老公忙碌的身影，听着温暖的话语，我的心里暖暖的。

就这样，一条微信让我和老公之间的冷战结束了，还让我和老公的感情加深了。微信就像润滑剂，让我们的夫妻关系更加和谐。

微信化解了我和老公的矛盾，增进了我们之间的感情。回想过往，有时我们不好意思当面表达出对彼此的爱，也经常用微信来向对方诉说。

比如每年妇女节，老公都会给我发一个红包，同时发来两句话："老婆，节日快乐！爱你！"

我敢说，"节日快乐"他可以当面对我说出来，但"爱你"两个字他肯定是不好意思当面说出口的。几十年的老夫老妻，爱在心口难开啊！而用微信发出来就不用那么难为情了。

记得今年"520"，这本来是个年轻人的节日，想不到老公居然给我发了一个五百二十元的红包，并且伴着一句话"老婆，我爱你！"让我们办公室的其他两个女人羡慕至极，当然，我心里也是满满的幸福。

大家都知道，任何一个事物都有利和弊两个方面，微信也是一样。有很多人不能自我克制，用微信和不该聊天的人聊天，酿成事端的，不在少数。如果能利用好微信积极有利的一面，有些事情如果夫妻之间不能或不便当面说，用微信平心静气地来沟通，真的是一个解决问题的好方法。当然，把平时不好意思说出口的爱，用微信来告诉对方，同样可以让两个人都提升幸福感。

（原载于2020年8月31日《颖州晚报》、9月2日《沧州晚报》）

有人转来六千元

王继伟斜躺在沙发上正惬意地看着手机里的连载小说，忽然微信"丁零"响了一声。他点开微信，看到新信息的瞬间震惊得立刻坐直了身子。他看到一个陌生人给他转来了六千块钱，请他接收！

他的第一反应就是遇到了骗子。为了验证自己的想法，他立刻大声喊厨房里的老婆："李嘉丽，快过来！快过来！"

李嘉丽正在厨房打扫卫生，听到老公急促的喊叫，擦擦手，急忙走出厨房。

"你快过来看看！有人给我转了六千块钱！"王继伟激动地对老婆说道。

李嘉丽急忙走到老公身边坐下，拿过老公的手机看了一眼。确实有人给老公转了六千块！

"谁会无缘无故给你转钱？我觉得这是骗子下的一个套！"李嘉丽皱着眉头对老公说。

"我也觉得是骗子。"王继伟犹豫着支持老婆的观点，接着又补充一句，"现在的骗子就是利用人爱占小便宜的心理骗钱！"

正在夫妻俩声讨骗子的可恶时，陌生人又发来一大段话，敢情是先转钱再"洗脑"啊。

夫妻俩急忙头挨头看转账下面的文字："王老师您好！我是十年前您教过的一个学生，叫崔曼曼。三年前我通过同学介绍加了您的微信。由于工作较忙，我几乎没怎么跟您联系过，您也许已经忘记我是谁。最近我听马小小同学说，咱们学校有个家庭贫困的学生考上了市重点高中，急需救助。我就想到当年我小学毕业后考上市重点初中，而家里没钱给我交学费，最终两位好心人给我捐款，我才得以顺利完成学业。别人帮助过我，我不能忘本，我有能力时也要尽己所能帮助别人。虽然我现在只是普通的工薪阶层，拿不出很多钱，但是拿出几千块钱还是可以的。我转给您六千块钱，麻烦您转交给那位需要救助的同学。"

夫妻俩看完留言对视了一眼，都沉默了，接下来他们又添了两千块钱，一并转给了负责帮那位需要救助的学生收款的老师。

（原载于2021年5月28日《三江都市报》）

诗

走在冬天的早上

走在冬天的早上

凛冽的风像刀子

刮着我的脸庞

漫天飞舞的雪花像棉絮

纷纷落在我的头上、身上

我大声告诉雪花

我不需要太多的衣裳

心里的坚强足以抵御

三九严寒的冰霜

走在冬天的早上

断桥边的野梅正昂首绽放

我静静凝视着

这严寒里娇媚的花朵

猛然想对它大声歌唱

恶劣的环境又算什么

照样遮不住你生命的怒放

走在冬天的早上

心里是对未来的畅想

前路纵有荆棘坎坷

也抵挡不住我内心的坚强

我要像野梅一样

环境越是恶劣

我越要一路铿锵

（原载于2021年1月8日《武陵都市报》）

故乡，远方

诗和远方

一直是我的憧憬和向往

我轻轻背起行囊

作别了生我养我的故乡

和依依不舍的白发爹娘

我穿行在红尘陌上

远方并不处处是诗行

风雨雷电磨着我的肉身和心肠

时时想念伫立在村口

被风吹散白发眺望远方的爹娘

暗夜来袭

故乡的老屋炊烟闯入我的梦乡

还有我心爱的小黄狗

陪伴在爹娘身旁

几十年时光默然逝去

不知不觉远方成了故乡

故乡成了诗与远方

（原载于2021年8月11日《珠江时报》）

冬日的鸟巢

凛冽的风吹不倒你

冰冷的雪压不垮你

你顶风傲雪端坐在枯枝上

你是那么饱满坚毅

你是那么孤傲挺立

你静静地伫立在苍茫天地间

你虽孤单寂寞

但你并不羡慕外面世界的歌舞翩翩

你用孤单做成笔

你把寂寞变成笺

你在空旷的天地间

谱写出凄美的诗篇

你是南飞鸟儿的故园

你是在外拼搏的游子的思念

你是白发爹娘日夜的守候

你是游子无穷无尽的乡愁

你在寒风中唱着一首首冬之恋歌

你在雪花中低吟一阕阕希望之词

你不畏严寒的豪迈

你不惧冰霜的洒脱

成就了冬日最美的风景

（原载于2021年1月12日《武陵都市报》）

枯枝之美

你是一幅以苍茫大地为背景的

惟妙惟肖的铅笔画

你是爷爷苍劲有力、骨节分明的手

你内敛沉静

在积蓄一种力量

白雪皑皑时彰显你的老当益壮

你不怕寒风肆虐

你不怕冰雪欺压

你永远铮铮铁骨挺立

你表面冷硬，内心却柔软

小鸟安心地在你温暖的怀里安家

你有时像极了人生灰色时刻

但那又怎样

月有阴晴圆缺

人有得失之时

树有荣枯之际

这都是大自然的常态

坦然接受一切

灰色过去就是柳芽青青的春天

（原载于2021年第12期《公路文艺》）

初冬的城市

烤红薯、糖炒栗子的甜糯香气

从马路边丝丝缕缕飘来

凉薄的西风像魔术师

把马路边的梧桐

一树葱绿秒变金黄

窗台上的一盆玉树

却无视西风的冷冽

一如既往蓬勃着胖嘟嘟的枝叶

像坚强的战士傲立在寒风中

大街上往日的喧嚣

像按了暂停键

瞬间冷冷清清

足球场上孩子的欢笑

被关进房间

只有一排排路灯痴守着

归家的劳作者

（原载于2021年11月22日《石家庄日报》）

立冬之思

你裹挟着一身寒气

突兀地踏入秋末的门楣

树上的红书签在枯枝上飘摇

沟渠里的黄丝线在坚强伸展

我的思念冷成霜

飘荡在白云之上

不知会不会吸引你明亮的眼眸

远方的亲人啊

在这立冬的节气里

我把牵挂和爱做成思念的馅

包成五彩的饺子

放在邮件里——寄出

那时，远方正熊熊燃烧

（原载于2021年11月5日《怒江日报》）

小雪

你爬上树梢

把柿树上最后一片枯叶摘掉

留下几个小灯笼在枝杈间摇来晃去

你拎着一兜兜凉薄

掷向树枝间蹦跳的鸟雀

惊吓的鸟雀缩着脖颈啾啾飞向远方

干裂的土地上

忽然探出一片片嫩绿的小脑袋

却无视你的冷

它们眨巴着水汪汪的大眼睛

嬉笑着和你对视

我在片片嫩绿中看到了

一行行希望的音符

写下来年丰收的诗句

（原载于2021年11月22日《京九晚报》）

冬之小语

冬日午后

轻啜一口茶

细品一本书

岁月美好

有爱人相伴

有小儿承欢

有一室的温暖

冬日傍晚

关上窗，任雨雪敲打玻璃

点燃红彤彤的炉火

温一壶老酒

探身轻问老友

晚来天欲雪

能饮一杯无

（原载于2021年第11期《东方文学》）

下雪了

下雪了

雪花不大

轻飘飘地在天地间漫舞嬉戏

几只小麻雀

瑟缩着身子在窗台上蹦蹦跳跳

一会儿低头在雪里啄几下

一会儿又扭头啄几下自己的羽毛

大街上行人不多

把羽绒服上的帽子拉起戴在头上

急匆匆地向前走着

也许是去赴一场约会

也许是回家陪伴亲人

也许是为了生计奔波于红尘中

雪花越来越大

树上枯瘦的枝条镶上银白色的边

地上一些沟沟壑壑已经被遮盖

田野里的麦苗

此时盖上了一层薄薄的白色棉被在酣睡

邻居说话时哈出的雾气在面前缭绕

雪花不紧不慢在空旷的天地间飘着

电线上几只鸟谱成一行五线谱

在歌唱迎接春天的歌谣

（原载于2021年12月8日《细鳞河》）

新年，您好！

新年的钟声已经敲响

新年的赞歌已经嘹亮

新年的计划已了然于胸

新年的机器已经轰鸣

新年的舞步已经跳起

新年的诗篇已经开笔

新年

一个充满喜庆的日子

一个充满温暖的日子

一个充满期盼的日子

一个斗志昂扬的日子

我只想大声对您说：

新年，您好

新年

您是过去一年的终点

回首过往

虽有曲折、坎坷、磨难

但我仍然勇敢地走到终点

新年

您是新的一年的起点

展望未来

我充满信心

向着崭新的明天踏步向前

也许前方充满荆棘

但我一如既往，毫不怯懦

勇往直前

（原载于2021年1月1日《芮城信息》）

深秋

大雁南飞

落叶摇摇晃晃

雨打残荷

枫叶漫山遍野

小雏菊捧出耀眼的秋梦

还不忘和枫叶调皮地隔空喊话

那时

我就像一只鹅

慢悠悠地行走在记忆的小路上

而玉米飘香的院子里

早已为我这远方的游子准备好了

炊烟和深深的凝望

（原载于2021年11月24日《民主协商报》）

晶莹的童话

你借助北风从唐诗宋词中走来

幻化成一缕洁白的婚纱

和一阕凄美的词

遮住蜡梅娇羞的笑容和童真

你送给漂泊在外的游子

一条长长的思乡路

你把大地拥抱在怀里

孕育着来年的希望

在冬天

你就是一个又一个晶莹的童话

一个又一个温暖的故事

（原载于2022年1月10日《黔西南日报》）

梅花

一阵又一阵冷冽的北风

无休止地吹打着你

你无视北风的寒

毅然扬起红润的笑脸

你真聪明

借着北风

居然摇头扭腰跳起欢快的舞蹈

你的舞姿真美

给寂寥的冬天送来

欢乐和温情

（原载于2022年11月10日《黔西南日报》）

霜降时节

芦苇一夜间便白了头

柿子树挂满耀眼的红灯笼

枫叶瞬间红遍山野

棉花笑得合不拢嘴

菊花却在一杯茶里找到前世今生

而我，则需要不断更换衣服和心情

在霜降时节

炊烟像游子

吹响了回家的笛子

（原载于2021年10月22日《夏津大众》）

冬天

我的一支瘦笔被你冻成了檐下

僵硬的冰凌

现在

它已吐不出优美的句子

但墙角一枝蜡梅却适时绽放

骄傲地扬起灿烂的脸

与漫天飞舞的雪花相得益彰

互为装扮

确切地说，它才是冬天的女人

因为它

冬天才会笑成一道风景

（原载于2021年12月8日《金陵晚报》）

初冬

窗下一片枯草

努力挺直腰杆

一排排半黄半绿的无名树

互相默默鼓劲儿

好像只有这样努力才能延长生命

那时

我把诗写在飘零的枫叶上

寄往你的天空

（原载于2021年11月13日《芮城信息》）